5
月夜 涙
画 れい亜
世界最高の暗殺者、異世界貴族に転生する
The world's best assassin,
To reincarnate in a different world aristocrat

Contents

The world's best assassin,
to reincarnate in a different world aristocrat

† タルト
ルーグの専属メイドにして、暗殺稼業の助手。拾ってくれたルーグへ依存ぎみ
† ルーグ
神童と呼ばれる暗殺貴族の長男。転生前は世界最高の暗殺者であり、その知識・経験を魔法と組み合わせる

† ネヴァン
四大公爵家の令嬢。人としての最高峰
† マーハ
ルーグが作った化粧ブランドの代表代理。ルーグたちを資金・物資援助、情報収集などでバックアップする
† 女神
世界を保護する為のシステム
† ディア
色々な事情でルーグの妹になった元・貴族令嬢。魔法の才能においては人類最高クラス

「久しぶりね。
ずっと顔を出してくれないから寂しかったわ」

世界最高の暗殺者、異世界貴族に転生する5

月夜　涙

角川スニーカー文庫

22266

Illustration：れい亜
Design Work：阿閉高尚

Prologue

プロローグ——暗殺者は客を招く

The world's best assassin, to reincarnate in a different world aristocrat

　魔族ライオゲルを倒し、闇に染まったノイシュと別れた。

　ノイシュとはいつか和解できると信じているし、信じるだけじゃなく彼を救うために動こうと決めた。

　その後は、ライオゲル討伐における要点だけを大雑把《おおざっぱ》に纏《まと》めた資料をさっさと仕上げて、それをネヴァンの部下に任せてある。

　彼らは優秀なので、これで充分だ。必要な分を補った上で王国に報告資料を提出してくれるだろう。

　そして……。

「うわぁ、やっぱり風が気持ちいいね！」

　ディアが風でなびく髪を押さえながら目を輝かせる。

　俺は土魔法で生み出したハンググライダーで滑空し、風の魔法を使うことで軌道修正や加速を行っていた。

目指すのはもちろんトウアハーデ領。

ハンググライダーは二人乗りで、俺が操り、ディアはしっかり固定されていた。

俺たちは空の旅を楽しんでいる。

ハンググライダーは効果的で燃費がいい移動手段だ。

一時期、車やバイク、などと言ったものを作ろうかと本気で考えていたこともある。魔法と俺の知識を組み合わせれば可能だ。

しかし、車両が気持ちよく走れるほど舗装された道路はなく性能が発揮できないことからハンググライダーを選んだ。

便利なだけじゃなく、空を飛ぶのは爽快だ。

『ううう、ずるいですの。私もルーグ様と一緒が良かったわ』

『ネヴァン様、そういうことを言わないでください。私も悲しくなりますから』

耳につけられている通信機からネヴァンとタルトの声が聞こえている。

ハンググライダーは二つ作り、もう片方はタルトが操り、ネヴァンをエスコートしている。

四人乗りのハンググライダーだと大型化してしまうし、四人並ぶとどうしても空力に悪影響がでるため、二人乗りを二台とした。

先日のように風の巨大なカウルを作れば四人乗りでもなんとかなるが、燃費が悪く長距離飛行には向かない。

その結果、風属性を使える俺とタルトが操縦し、俺がディア、タルトがネヴァンを抱えることにした。

「にしても、タルトがこんなに早く乗りこなすとはな」

『意外と簡単でした！』

『私も操縦してみたいですの』

「そうか？　なら、ネヴァンもトウアハーデ領につけば操縦してみるといい。風魔法を使えなくとも滑空するだけで楽しいんだ」

『ぜひに！』

「ああ、ずるい。私もやるよ！　それとね、別に風じゃなくても加速する方法はあると思うんだ。必要なのは推進力だよね」

「ディア、まさかとは思うが爆発魔法を使おうとしてないか」

ディアは土と火の二重属性、彼女にとってもっとも手軽に推進力を得る方法は爆発魔法だ。十分な推力は得られるだろうが、機体が耐えられない。

「あはは、そんなわけないよ。もっと良いものだよ！」

「事前に話しておいてくれ。さすがに怖い」

「りょーかい、科学と物理絡みだからね。ルーグに相談しないと私だって不安だからね」

ディアは天才だ。もしかしたら、魔法でジェットエンジンの機構を模したものを作ってしまうかもしれない。

「まずいな、天気が荒れてきた」

ハンググライダーが揺れ始めた。少々、風が強くなり吹く方向も一定じゃなくなってきた。

「タルト、大丈夫か？」

『はい、ちょっと怖いけど飛べてます。何かあったら、すぐに助けを呼びますね』

「そうしてくれ」

まっすぐ飛ぶだけならともかく、悪天候の中を飛ばせるのは心もとない。

『ルーグ様、さっきから使っている通信機って便利ですよね。これも魔法ですか？』

さきほどから、ハンググライダー間の距離を跨《また》いで話せているのは無線通信機のおかげだ。

この豪風の中だと、こういう道具がなければ声は届かない。

「この通信機は魔法も使っているが、科学の産物だ」

無線通信機を作るのに必要な知識は中学の物理程度。俺のように土魔法で材料を生み出し、精度の高い加工が可能であれば容易《たやす》く作れる。

ただ、作れるとはいえ様々な制限があり性能は高くない。携帯できるサイズにすると通信距離は百メートル程度しかない。

改善が必要だ。

とはいえ、通信が原始的なこの世界において圧倒的なアドバンテージになることもまた事実。

情報を正確かつ素早く伝えるというのは、この世界では非常に難しいのだ。

例えば、軍事利用を想定しよう。

軍での作戦行動においては情報のやり取りに伝令兵を使う。伝言ゲームを行うため情報の精度は低く、到着までに時間がかかり、その間に状況は刻一刻と変わってしまう。

しかも伝令兵が無事たどりつく保証がなく、情報を奪われる可能性まである。

それに比べれば、無線通信は圧倒的だ。

リアルタイムかつ確実に届く。その情報伝達速度・精度の差があれば倍の戦力差だろうがひっくり返せる。

無線通信というものは、それ一つで戦争のあり方を変えてしまうだろう。

『科学……、とってもとっても素晴らしいですの。重ね重ね、あの約束が恨めしいです。それがあれば、人類はもう一歩前へ行けるのに』

予想通り、ネヴァンは無線通信に凄《すさ》まじい食いつきをしている。

ネヴァンとは、俺と同行して得た知識・技術を他で使わないという契約を交わしている。

彼女は、無線通信の軍事的価値、経済・流通上での価値を見出《みいだ》し、これが世界を変えうるものと理解できるだけにもどかしいのだろう。

「これも公開するわけにはいかない技術だ。……信用しているから見せている。そのことを忘れないでほしい」

『もちろんですの。ルーグ様とはまだまだ一緒に居たい。だから、嫌われることはしませんわ』

くすぐったくあるが、怖くもある。

ただ、ある程度信頼している。そうでなければ、緊急時でもないのに無線通信を見せたりしない。

「タルト、気をつけろ。強い風がくる!」

『はいっ、……きゃっ、きました』

側面からとんでもない突風が吹いた。翼が軋《きし》み、バランスが崩れ、錐揉《きりも》みしながら落ちていく。

これだけの風を受けても翼が折れないのは、折れるほどの負荷があれば、曲がることで力を逃がすようにしてあるおかげだ。

もっともそのせいで、錐揉み状態になっているのだが……。

「きゃあああああああ」

ディアが叫んでいる。

よほど怖いのだろう。

錐揉みでもっとも厄介なのはパニックになってしまうこと、どちらが上かすらわからない状態はひどく不安になる。

十分な高度があるのだから、落ち着くまで待ち、状況把握をしてから立て直すのが最善であり、平常時ならそれに誰もが気付く。

しかし、パニックになるとわけもわからず動いて、取り返しがつかなくなってしまうのだ。

錐揉みが収まってから、上下を確認。姿勢制御をし、再び滑空。

タルトたちを捜す。

タルトは前にいた。パニックにならず、正しい行動をとっている。

「ほう」

初の長距離飛行で冷静にトラブルに対応できるとは。

タルトはセンスを努力で補っている。

想定しうる事態には、予《あらかじ》め対策を用意することを苦にせずやり遂げる、だからこそ安定感がある。

しかし、裏を返せば対応力が低い。

知らないこと、想定していないことへの機転が利かないという弱点があった。

だが、こうして初めてのトラブルに対応してみせた。

様々な努力が、タルトのなかに基礎をつくってきた結果だろう。

多数の技術を根気よく身に付けてきたことがタルトを育て、底力になっているのだ。

……本当によく成長してくれた。これからはより頼りにさせてもらう。

俺とタルトは風を操り、下がった高度を一気に引き上げた。

「よく対処できたな」

「はいっ、ルーグ様に鍛えていただきましたから！」

良い返事だ。

「このペースなら、すぐにトウアハーデ領だな。もう少し頑張ろう」

「もちろんです」

そろそろ慣熟飛行はいいだろう。

風を起こして加速し、タルトの前に出てついてこいとサインを送る。

先程までとは比べ物にならない速度。

ここからが応用編。

今のタルトならこの速度でも十分に飛べるだろう。

◇

二機のハンググライダーが並んで屋敷の庭に着地する。

「うーん、やっぱり空の旅は気持ち良かったね！　癖になっちゃいそう」

「私はちょっと疲れました。でも、楽しかったです」

「……ハンググライダー。信じられないですの。この速さ、敵の上をいけるというアドバンテージ、いくらでも使い道が思いつきます。無線といい、ハンググライダーといい、目の前にあるお宝を使えないのは悔しいですの」

ぶつぶつ言うネヴァンを見て見ぬふりをして、凝り固まった体を柔軟でほぐすと屋敷へと足を踏み入れる。

すると、ばたばたと足音が聞こえてきた。

「ああ、ルーグちゃん。お帰りなさい！　ずっと、待っていたんですよ。ルーグちゃんが帰ってこないから、パーティできなかったんですからね」

「ただいま」

現れたのは母だ。

実年齢は四十近いのに十代後半と言っても通じるほど若く見える。

母は俺に抱きつくと、そのまま背後にいるディアたちを見て、目を見開く。

「あらっ、ルーグちゃんのお嫁さんが一人増えてますね」

「ディアとタルトは嫁じゃないし、ネヴァンはそういうのじゃないよ」

「そうなんですか？」

俺から離れ、首を傾《かし》げる母の前へとネヴァンがでる。

「お初にお目にかかりますの。私はネヴァン・ローマルング。いずれ、ルーグ様を婿に頂く予定です。お見知りおきを、お義母様」

優雅に貴族式の礼をする。いやになるほど様になる。

そして、その爆弾発言にディアとタルトが硬直していた。

母は珍しく真剣な表情を浮かべる。

「ローマルングですか。あの？」

「はい、あのローマルングですの」

母は茶会やパーティを避《さ》けているとはいえ、男爵家の妻。

そもそも、トウアハーデとローマルングは切っても切れない関係なのだ。

ローマルングの名も、その性質も、裏も知っている。

「あらあら、ルーグちゃんも大変ですね。モテすぎるのも考え物ですよ。でも、お母さんは婿入りなんて認めません。出ていっちゃダメです。居なくなったら泣いちゃいます」

「そもそも婿入り以前に、ネヴァンと婚姻を結ぶ予定がないのだが」

つっこみを入れるが、母にもネヴァンにも届いていないのは気の所為だろうか？

「離れ離れが寂しいなら、エスリ様もどうぞいらしてください。最高の待遇を約束しますの」

「ふふふ、それはできませんね。私はトウアハーデの女ですから」

母とネヴァンが笑い合う。

……このままじゃまずいと本能が警鐘を鳴らす。

「とにかく、ネヴァンを客人として招く。それから、母さんはなにか祝いをしたいと言っていたけど、一体なんの祝いなんだ？」

一番いいのは話を逸《そ》らすこと。

根本的な解決にならずとも、対策を打つ時間を得られる。

「ああ、それがですね。ルーグちゃんがお兄ちゃんになるんですよ！」

「……つまり、それって弟か妹かできたってことか」

「はいっ、なんとなく妹だって思うんですよね。私の勘はよくあたりますよ。ルーグちゃんも名前を考えてくださいね」

「あっ、ああ、考えておく」

「ふふっ、そんなに不安そうにしなくても、〝大丈夫〟ですから」

突然の出来事に動揺する。

なんというか、喜んでいいのか、心配するべきか、いろいろと。

「タルトちゃん、ディアちゃん、二人に子供ができたら、一緒に育ててあげますよ。ルーグちゃんの妹とルーグちゃんの子供が兄弟みたいに育つって、ちょっと不思議ですね」

「それいいね。初めての子育てって不安だし」

「あっ、あの、その、私は兄弟が多かったので、お手伝いできます！」

母の冗談にディアとタルトが全力で乗り、しかも話がどんどん具体的になってくるのを見て頭を抱える。

そして、母は俺が婿入りしてしまうのがよほど嫌なのか、素でネヴァンは名前を呼んでいない。

そのせいでネヴァンが頬《ほお》を膨らませている……あれは演技だな。わざとああやって存在感をアピールして遊んでいるのだ。

「母さん、今は子供を作る予定はないよ」

この世界における貴族だと、俺の年で子供を作るのは一般的ではある。しかし、少なくとも、勇者問題を解決するまで戦力を減らすわけにはいかないという事情があるし、まだ恋人としての時間を楽しみたいと考えている。

「残念です。とにかく入ってください。疲れているでしょうし、今日は消化にいいものを作ります。でも、明日はお祝いで思いっきりごちそうを作りますからお楽しみに。ルーグちゃん、タルトちゃんは手伝ってください」

「ああ、俺は狩りで貢献するよ。久しぶりにアルヴァンウサギが食いたいしな」

「私の方は仕込みを手伝いますね」

帰るなり、驚かされたが懐かしの故郷に帰ってきた。

羽を休ませつつ、新しい家族の誕生を祝うとしようか。

そのためには、まずはご馳走《ちそう》の確保だ。

森に出て狩りをしよう。

Episode1

第一話　暗殺者は改良魔法を試す

The world's best assassin, to reincarnate in a different world aristocrat

帰宅後、早速狩りに出る。

領民の狩り場を荒らさないよう、山の奥深くで狩りを行う。

「俺に妹か……家族が増えるのは悪くないな」

最初は驚いたが、今は楽しみになってきた。

同時に死ねなくなってしまった。

俺がトウアハーデである限り、妹は普通の貴族として生きていけるだろう。

逆に言えば、俺が死ねば次のトウアハーデ……つまりはアルヴァン王国の刃とならざるを得ない。

それは避けたい。妹には普通の人生を歩んでほしい。

そんなことを考えながら、狩りを行う。

その中で改良版の風属性探索魔法を試していた。

「見つけた。新型の探索魔法は使えそうだな。今年は森が豊かでよく肥えているな。アルヴァンウサギ……ディアが喜ぶ」

　風に意識を溶け込ませ、知覚範囲を広げる探索魔法はお気に入りであり、有用性が高く使用頻度も高い。

　それをヴァージョンアップしたものが、こいつだ。

　従来は、自身を中心にして円を広げるイメージだった。

　そのため、効果範囲を広げるほど負担は指数関数的に増大した。

　円をイメージしてもらえばわかる。

　探索範囲を一メートル広げると仮定しよう。半径一メートルの円の場合は面積はおおよそ三平方メートル、半径二メートルにすれば十二平方メートル。このケースであれば九平方メートル増えるだけで済む。

　しかし、半径百メートルの探索範囲を半径百一メートルにしようとすれば、六百三十一平方メートルも探索面積が増えてしまう。そのため、探索範囲には限界があった。

　だから、改良版では方式を変えた。

　円すべてを探索するのではなく、まず前方に幅数十センチの長方形を伸ばす。それだけだと前方しか見えない。だから、その長方形を自身を中心に回転させることで全方位を見る。

　そうすることで従来の数十分の一のコストで同じ範囲を見られるし、効果範囲を広げる際に指数関数的に負担が増大することもない。

現代兵器のレーダーと同じ方式であり、極めて効率的だ。

（もっとも弱点はあるが）

長方形を回転させるという性質上、従来と違い常に探索範囲を見ているわけじゃない。一周させるのにかかる時間はおおよそ0・1秒。0・1秒未満ではあるが見落としがでる。普段であれば問題ないが、高い機動力と近接戦闘を行う場合などには致命的だ。

だから、使い分ける。

0・1秒が致命的になる状況では従来型の探索魔法を使い、それ以外は新型を使う。

（さて、狩るか）

異空間に物質を貯蔵できる【鶴革の袋】からクロスボウを取り出す。

銃のほうが射程も威力も上だ。しかし、銃では威力が高すぎて肉が傷む。少しでもいい肉を手に入れたければこちらのほうがいい。

クロスボウに装塡《そうてん》されていた矢を外し、新たな矢を装塡。

クロスボウは何かと便利なので用意してあった。音がないため、状況によっては銃よりも暗殺に使いやすい。

構え、矢を放つ。

木々の隙間を飛翔《ひしょう》した矢は狙いどおりアルヴァンウサギの頭を貫く。即死だ。

「まずは兎一羽」

アルヴァンウサギは大型犬程度の大きさがあり、食べごたえがある。

とはいえ、みんなよく食べるし、もう一羽はほしいところだ。

◇

狩りを終えて、山を下りる。

今日の成果はアルヴァンウサギ二羽に、イノシシ一頭だ。それに籠いっぱいにキノコと山菜を集めた。

この大荷物を背負って山を下りるのは面倒だ。

（【鶴革の袋】に感謝しないとな）

解体を終えたら、領民たちにおすそ分けをしよう。

うちだけじゃ、これだけの量は食べ切れない。

いつの間にか、秋になっていた。

そろそろ冬越しを意識しないといけない頃合いだ。領民の助けになるだろう。

◇

解体を終えて、村の顔役にイノシシ肉のあまりと兎の毛皮を渡し、みんなに振る舞ってくれと頼む。

イノシシ肉はごちそうだし、塩漬けにすれば冬越しの助けになる。アルヴァンウサギの毛皮も街に行けば高値で売れるので喜んでもらえた。

お礼にと瑞々《みずみず》しい野菜をもらってある。これも明日のごちそうに使わせてもらおう。

そして、キッチンに移動する。

ごちそうを作るのは明日とはいえ仕込みが必要なものもある。

例えばイノシシ肉などは臭みが強く、スパイスを揉《も》み込《こ》んで一晩寝かせて馴染《なじ》ませたほうがいい。

こういう下ごしらえで料理はいっそう美味《うま》くなる。

先客がいたので、声をかける。

「ただいま、母さんもタルトも気合いが入っているな。ディアもいるのはちょっと意外だ」

「意外なんて心外だよ。私だって料理を覚えたいって思ってるんだからね」

ディアが頬を膨らませる。

食べる専門だと思っていたが、めずらしくディアも手伝っていたのだ。

ただ、現状では戦力になっているとは言い難い。

ディアに続いて、母さんとタルトも俺のほうを向く。

「あっ、お帰りなさい。さすがルーグちゃんですね。こんな短時間で、美味《おい》しそうな獲物をこんなに」

「アルヴァンウサギとイノシシ。どっちも美味しそうです」

「えっ、そのお肉アルヴァンウサギなんだ⁉　シチューにしてよ、あとグラタン！　昔ルーグに作ってもらってから大好物なんだ」

「アルヴァンウサギはシチューとグラタンにするつもりだ。イノシシのほうはタタキにしようと思っているよ」

アルヴァンウサギを狙ったのはディアに好物のクリームシチューとグラタンを食べて欲しかったからなので、もとよりそのつもり。

そして、イノシシをタタキにするのはこれもまた新しい魔法の実験を兼ねてのものだ。

「ルーグちゃん、タタキってなんですか？　知らない調理法ですね」

「それは明日のお楽しみ。……そっちが仕込んでいるのはルナンマスの麦糠《ぬか》漬《づ》けか」

「そうですよ。ルーグちゃんもキアンも好きですからね」

二人が作っているのは魚料理だ。

トウアハーデには大きな湖があり、魚料理を食べることが多く、マスの一種、ルナンマスなどは俺にとって故郷の味。

トウアハーデでは古くから自然の恵みを絶やさぬよう漁獲制限を設けているし、産卵の時期などは漁を禁止していた。

そのため、漁ができない時期に食べるものを確保するため魚の保存技術が発達した。

初めは保存することだけを考えていたらしいが、祖父の代ぐらいにはトウアハーデは豊かになり、いかに美味くするかに取り組み始めた。

トウアハーデで作られるルナンマスの干物などは理に適《かな》った手法で手間をかけており、そこらのものとは一線を画す。

どこに出しても恥ずかしくない品で、売り出せば商業都市ムルテウでも人気商品になるのは間違いない。

そして、二人が作っているのはルナンマスの麦糠漬けというべきもの。麦で作った糠に魚を漬けるトウアハーデ独自の郷土料理。

こうしておくと保存が利く上に、味も深まる。糠漬けしたルナンマスを蒸すと絶品で、特別な日に食べるのが習わしだ。

魚を糠漬けにするというのは変に思えるだろうが、転生前の世界でも肉や魚を糠漬けにするのはさほど珍しくない。原理的には塩麹《しおこうじ》漬けとさほど変らない。

「ほう、とびっきりのルナンマスだな。サイズも脂のノリもいい」

特上品だ。これほどのルナンマスは滅多《めった》にでない。

「ハンスさんがお祝いにくれたんです。これだけものがいいと一夜漬けにして蒸すのが一番です！　今、二人で仕込んでいるんですよ」

「ああ、絶品だろうな。ただな、……わりと他領の客には評判が悪いんだよな。麦糠漬けを蒸したの。ネヴァンとディアもいるし、炒《いた》めたほうがよくないか？」

旨味成分が増しており、味は文句なし。

ただ、どうしたって発酵食品の宿命で独特の匂いがして、それが駄目だと言う者が多い。というか、トウアハーデの民ですら苦手な者はいる。蒸し料理だと匂いが誤魔化《ごまか》せないのだ。

十中八九、糠の存在自体を知らないディアとネヴァンは拒否反応を起こす。

そういったことを考慮すると、香辛料を大量にぶち込んで炒めたりするのがいい。……まあ、これだけ見事なルナンマスだともったいなく感じるが。

「ふふふ、駄目ですよ。蒸し魚にするのは決定です。この味がわからなければトウアハーデの女にはなれません！　だいたい、ルーグちゃんとキアンの大好物を別の料理にするなんてめっ、ですよ！」

ビシッ！　と効果音がつきそうなぐらいのキレで麦糠漬けにされているルナンマスを指差す。

一理あるが、ワンクッション置いて慣れさせるほうがいいとも思う。

なら……。

「母さん、蒸し魚、俺に任せてもらっていいかな？」

「……絶対何か企《たくら》んでいますよね」

「そんなことないさ、ムルテウでとても美味しい魚の蒸し方を学んだから母さんにも食べてほしいと思ってね。魚の旨味を完全に閉じ込めて、しっとりして。今まで食べた蒸し魚はなんなんだって言いたくなる。それをこのルナンマスの麦糠漬けで作ったら、とんでもないごちそうになると思うんだ」

「うっ、そう言われると興味が出てきました。ごくりっ。でも、約束ですよ。絶対に蒸し魚にしてくださいい」

「ああ、任せてくれ」

俺は微笑《ほほえ》む。

実はムルテウで知ったというのは嘘《うそ》であり、本当のところは前世で習得した技術。

俺が知る限り、最高の蒸し方。

あれなら、母さんも喜ぶし、ディアとネヴァンも美味しく食べられる出来になるだろう。

もともと料理人に身分を偽装して、暗殺対象の懐に入るために身につけた料理人技能。

それがこうして、母や恋人、友人を喜ばせるために振る舞われるのだから不思議なものだ。

ごくり…

一度目の人生は道具として生きてきた。

だけど、その人生は無駄じゃなかったと胸を張って言える。

一度目の人生があったからこそ様々な技能を身に付け、彼女たちを笑顔にできるのだから。

Episode2

第二話　暗殺者は最高の料理を作る

The world's best assassin, to reincarnate in a different world aristocrat

翌日の夕方、厨房《ちゅうぼう》に来ていた。

新しい家族を祝うためのご馳走《ちそう》を作る。

「ルーグ様、シチューの味見をお願いします」

「塩を少し加えてくれ」

「はいっ」

シチューとサラダの仕上げはタルトに任せるとして、俺はイノシシとルナンマスを片付けよう。

イノシシのほうは前日のうちに臭み消しのスパイスと、肉を柔らかくする酵素を含んだ果汁に漬け込んでおり、さらに昼から特殊な調理をしていた。

使う部位は脂身が少ないヒレ肉、それも筋を徹底的に取り除いてある。

妊婦に食べさせるだけあって、衛生面にはかなり気を遣っていた。

肉を徹底的に洗浄したうえで、風魔法による高圧殺菌、炎魔法を使った冷凍による寄生虫対策。炎魔法とは熱量操作魔法であり、応用すれば凍らせることもできる。

そして昨日はタタキにすると言ったが生肉を食べさせるつもりはない。

新しい調理器具を試す。

タルトが興味津々といった様子で覗《のぞ》き込む。

「それ、不思議なお鍋ですね」

「低温調理器と言ってね。なかなか便利だよ」

俺のいた時代において最先端の調理器具。

肉を加熱する際、六十℃付近が旨《うま》みを増しつつ、肉が硬くならない理想的な温度だと科学的に証明されている。

六十℃付近の低温で長時間加熱することで旨さと柔らかさの完全な両立ができる。

ただ、とんでもなく根気と時間がかかる調理法でもある。

なにせ、今回はイノシシのたたきをつくるために六十℃を維持しつつ五時間もの加熱が必要だった。

(鍋に五時間も張り付いてられない……ずるをさせてもらった)

それがこの低温調理器だ。

【神器】を解析することで可能になった技術を用いる。物質に術式を刻み、ファール石を動力にすることで自動的に術式を発動し続ける鍋を作った。

そして、この調理は魔道具を長時間連続使用し続ける耐久テストでもある。

低温調理器には水が注がれており、水の中から真空パックされたイノシシ肉を取り出す。

真空パックには肉と一緒に調味液とスパイスが注がれていた。

五時間も一緒に加熱しただけあってよく味が染みている。

「よし、完璧だ。……魔道具は長時間使っても、精度に悪影響がでないとわかったのは収穫だ。仕上げといこう」

昔趣味で作った七輪を取り出す。

炭に火は入っており、網も熱せられている。

イノシシ肉は棒状にカットされており、七輪を使って転がすようにして表面を焼く。

十分に中まで火が通っているため、あくまで香り付けに炙《あぶ》っているだけ。

それが終わると厚めに切る。低温調理した肉の特徴は柔らかさ、しかも果物の酵素に一晩漬け込んでいる。だから、厚めに切っても簡単に嚙《か》み切れる。

「うわぁ、綺麗《きれい》な薄ピンク色です。美味《おい》しそう」

「うまいぞ。一切れ食べてみろ」

ローストビーフで一番うまい芯のロゼになった部分。

俺が作ったイノシシのたたきは焼いた表面以外すべてがその状態になっている。

これが低温調理器の威力。

「甘くて、柔らかくて、頬《ほお》が落ちちゃいそうです。これがイノシシのタタキなんですね」

「ああ、時間がかかるから滅多に作れないんだが、苦労に見合う味だ。仕上げを頼む」

「はいっ！」

このカットした肉をサラダの上に並べて、最後に特製ポン酢をかける。たたきにはあっさりしたポン酢がよくあうのだ。

そして、いよいよ今日のメインに取り掛かる。

「やっぱり、初心者にこの匂いはきついよな」

糠からルナンマスを取り出す。

糠臭さと若干の発酵臭がする。

……慣れると気にならないが、やはり初見のものにはきついだろう。

そのルナンマスをよく洗って糠《ぬか》を落とし、切れ目を入れてから、塩を塗り込んで、ハーブと一緒に濡《ぬ》らした紙で包んで、蒸し器へ。

「蒸す前に紙で包むのってどういう意味があるんですか？」

「紙で包むと魚のエキスが逃げなくて瑞々《みずみず》しい仕上がりになるのと、臭い消しに使ってるハーブの香りがよく移る。しかも火の通りにムラがなくなるといいことずくめだ」

「それなら糠の臭さが消えそうです」

「まだまだ、これからだよ」

紙を使った蒸し魚は奉書焼きと呼ばれる和の技法。

だけど、これは下準備。

今日の蒸し魚は中華風に仕上げる。

あえて火が通り切る前に蒸し器から取り出し、別の皿に移す。

その上に刻んだ葱《ねぎ》を大量にかけて、熱した香油を葱の上にかける。

バチバチバチと激しい音と共に焦げた葱の香ばしい匂いが漂う。

その匂いがルナンマスの糠漬けに合わせるよう調合した香油と混じり合って、糠臭さは吹き飛んでしまう。

蒸しを甘めにしたのは、最後に油で火を通す分を計算してのこと。

この調理法を清蒸《チンジヨン》という。

中国の調理法。魚をもっともうまく食べる方法の一つだ。

最後にタレをかけて、香菜《シヤンツアイ》を散らすと完成。

「焦げた葱の香りがたまりません！　お腹《なか》が減っちゃいます」

「香りを楽しむ料理だが、味もすごいぞ。油で皮はぱりっとして表面がほくほく、なのに中はしっとりしているんだ」

「うわぁ、早く食べたいです。これも味見していいですか」

「駄目だ。なにせ、一匹まる蒸ししているビジュアルが大事だからな」

「残念です」

強烈な芳香と、揚げと蒸しのいいところどり。

それが清蒸《チンジョン》の魅力。

これで今日の料理は揃《そろ》った。

……グラタンを作ると約束したが、さすがにここにグラタンまで加わると多すぎる。

明日、シチューの残りを使ってグラタンを作るとしよう。

◇

そしていよいよ食事の時間になった。

食卓には、両親とタルト、ディア、ネヴァンがいる。

「あの、本当に私も席についていいんですか？」

「今日は特別です。めでたい席ですから！　だいたい、タルトちゃんはもう公認の愛人ですから、特別扱いしても誰も文句いいませんし。むしろ、これからは一緒に席についてください」

いつも使用人として後ろで控えているタルトが席について小さくなっている。

「あの、いつの間に公認になっていたんですか？」

「むしろ、あれだけ大胆にしていて隠しているつもりだったことにお義母《かあ》さんびっくりです」

タルトが赤くなっている。

タルトは恥ずかしがり屋なくせに脇が甘い。

「母さん、タルトをからかうのは後にしてくれ。食事が冷める」

「そうですね。ではいただきましょう！」

食事前の祈りをしてから、トウアハーデの地酒で乾杯をする。

「「ご懐妊おめでとう」」

祝いの言葉を合図に、食事が始まった。

「むう、ルーグの嘘《うそ》つき。グラタンがないよ！」

「ちょっと品数が多すぎると思ってな。グラタンは明日作る」

予想通り、ディアの頬が膨らんでいる。

しかし、イノシシのタタキを食べるとすぐに上機嫌になった。

「美味しい、こんな柔らかくて甘いお肉って初めてかも」

ディアを見て、ネヴァンも手を付ける。

「私もいただきますの。あらっ、本当に美味しい。王都の牛よりも柔らかいですわ。これ、本当にイノシシなのですか？」

王都の牛というのは、食べるためだけに飼育された超高級品のことだ。

一般的な牛というのは労働用に使っているものを駄目になってから肉にするので、硬く臭い。

しかし、王都の牛はのびのびと暮らすから余計な筋肉がつかないし、餌も肉をうまくするために考えられたものを使っている。

「調理法次第だよ。イノシシでも手間暇かければ、美味になるんだ」

適切な部位を選び、徹底的に手間をかければ上回ることはできる。

……もっとも、うまい肉を使い徹底的に手間をかけたものには勝てないが。

王都の牛はどこかで手に入れてみたい。マーハに頼めば用意してくれるだろうが、娯楽のために彼女の仕事を増やしたくない。

「その手間暇を詳しく知りたいですの。だめですか？」

「調理法ぐらいなら教えるし、口止めもしない。あとでレシピを書こう」

低温調理器は神器を解析して得た技術を流用したものだから広めるわけにはいかないが、低温調理の手法であれば問題ない。……ローマルングの財力なら低温調理に専任コックを雇い、人力でやらせても余裕だろうな。

「グラタンがないのは残念だけど、やっぱりルーグのシチューは美味しいよ」

「今じゃルーグちゃんの作ったクリームシチューはトウアハーデ名物で、よその領地から食べにくる人もいるんですよ」

イノシシのたたき、定番のクリームシチューは好評。

問題は蒸し魚。

トウアハーデ名物、ルナンマスの糠漬けを使った蒸し魚だ。

「ふふふっ、ネヴァン。お魚に手をつけていないようですね。この味がわからない子には
トウアハーデの嫁は務まりませんよ」

母さんが悪い顔をしている。

昨日からずっと俺を婿入りさせようとするネヴァンを警戒していた。

「ええ、もちろんいただきますの」

「それ、私にも飛び火しているんだけど⁉　糠に魚なんて信じられないよぅ」

ネヴァンよりむしろタルトと同じく母公認のディアが怯《おび》えている。

「でも、臭いと言っていたのにものすごくいい香りがしますの。香ばしくてとっても食欲
をそそります」

「えっ、これがそうなの？　てっきり臭い魚は後から出てくると思ってたよ」

「あれっ？　そう言えば、すごくいい香りです。……ルーグちゃん、もしかして糠漬けじ
ゃない普通のルナンマスを使ったんですか！　ずるは、めっですよ」

「いや、ちゃんと糠漬けのルナンマスを使ったよ。食べればわかる」

そう、匂いはきついが生よりもずっと豊かな味がするのが糠漬けの特徴なのだから食べれば一瞬でわかる。あの味は生ではどれだけ工夫を凝らしても出せない。

三人が一斉に手を付ける。

「美味しいですの！　間違いなく世界一の蒸し魚ですわ」

「うん、すごいよ。こんなにいい香りの魚って初めて。それに、お魚自体がすっごく美味しい」

「……たしかにこの味は糠漬けルナンマス。とっても美味しい。試験が台無しになっちゃいましたが、ルーグちゃんが私のためにこんな素敵な料理を作ってくれるなんて感激です。お腹の子も喜んでいる気がします」

俺も食べてみる。

狙いどおり、皮はぱりっと、表面はほくほく、中は瑞々しい。味付けもばっちりだ。

これほどうまい蒸し魚は王都でも食べられないだろう。

一呼吸遅れて食べたタルトも絶賛してくれた。

ただ、一人だけ首を傾《かし》げているものがいる。

「父さんの口には合わなかったかな？」

「いや、うまいにはうまいのだが……私は糠の匂いが好きなので物足りなく感じてしまうよ」

そこは想像していなかった。

料理は奥が深い。

糠の匂いは邪魔だと思っていたが、それを好きなものがいるなんて。

今回の主役は母さんだけじゃなく父さんもだ。

……この失敗は次に活《い》かそう。

◇

それからデザートにフルーツタルトを振る舞った。

季節のフルーツをふんだんに使ったもの。

「ふう、美味しかったです。ルーグちゃんの料理は世界一ですね！」

「それは言い過ぎではないのかね。親の欲目がすぎるよ」

「いえ、お義父様、世界中の美食を味わっている私がそれを保証しますの。ルーグ様はお強いだけじゃないのですね。ますます欲しくなりました」

背筋がぞくりとする。

父を見ると、苦笑して目でエールを送ってきた。

「ルーグは出来すぎた子だよ。心配するとすれば、出来すぎていることぐらいだ。……ここまでやると、もはやこの国が放っておかない。せめて、この屋敷にいられるうちは羽を休めるといい」

「そういうわけにはいかないんだ。こうして時間が空いているうちに準備をしないと。このままじゃいずれ敗北して死ぬ」

だからこそ、今日のごちそう作りですら魔道具の耐久テストを行い、狩りでは新型の探索魔法を試した。

「あの、ルーグ様。もう三体も魔族は倒せちゃいましたし、残り五体もすぐに倒せちゃう気がします」

「それはないな。ここから先、確実に厳しくなる」

断言する。

今後の苦戦は不安ではなく、確信だ。

「あら、理由を聞かせてもらっていいですの？」

ネヴァンが食いついた。わからずに聞いているわけじゃなく、自身の考えと合っているかを確認しているのだろう。

「魔族には知性がある。今までの魔族は魔族同士で競争をしているからこそ、協調せずに単体で動いた。そして、競争だからこそ拙速に攻めてきた。だがな、オークの魔族、兜《かぶと》蟲《むし》の魔族、獅子《しし》の魔族、たて続けに三体も殺されたんだ。……よほどの馬鹿じゃない限り対策を考える」

　相手がゲームの駒ならバカ正直にこれからも単独行動かつ浅い策で仕掛けてくるだろう。

　しかし、魔族は馬鹿じゃない。今までのやり方が通用しなければ手を変える。

「ねえ、対策って例えばどんなの？」

「単純なのは魔族が二体以上で襲ってくることだな。先日の魔族、あれが二体いたとして勝てると思うか？」

「……ちょっと自信がないっていうか、ほとんど無理だね」

「そうだ。今の俺たちは入念な準備をしてようやく単独で動いている魔族に勝てるという状況なんだ……実は複数で襲いかかってくることはだいぶ前から不安視していたんだよ。だからこそ、敵を飛ばす神槍【グングニル】なんてものを用意していた」

　あれはもともと二体以上の魔族が現れたときに敵を分断するために用意していたものだ。

「まだある。俺たちが戦えない状況を作ること。例えばだが、もし魔物の群れにトウアハーデが襲撃されたとする。その状況で魔族が現れれば、俺には故郷を見捨ててまでそこへ向かうことはできない。魔物の群れを片付けたころには、奴《やつ》らは目的を果たして消えている。もっとシンプルに、魔族が仕事を終えるまでに、俺たちがたどり着けない場所で暴れるとかもありだ」

　ハンググライダーを使えば、超高速で移動はできる。

しかし、俺たちに魔族の出現を伝える者は俺たちほど速く動けない。

毎回、今回のようにミーナから情報がもらえるとは限らない。

「意外と穴だらけですのね」

「ああ、だから油断はできないし、もっと精進しないといけない」

強くなる努力は常にしている。

情報網の強化もだ。マーハと協力してオルナが張り巡らした情報網の拠点同士を結ぶ高速通信網を構築している。

従来では最速の通信と言われていた伝書鳩《でんしょばと》。それを凌駕《りょうが》する速度と信頼性を持つ通信が可能になる。

通信＝手紙の運搬であるこの時代でのリアルタイム通信は暴力的なまでに強力だ。

対魔族としてだけじゃなく、後の商売でも活きるだろう。

「やっぱりルーグ様はすごいです！」

「俺を褒めるのはいいが、タルトにももっと強くなってもらう予定だ」

「はいっ、ルーグ様のためならどんな特訓でも大丈夫です！」

「もちろん、私もがんばるよ。もっとたくさん魔法を作るから」

「それなら私はお金と権力で貢献しますの」

俺は微笑する。

俺だけじゃできないことも彼女たちとならできるだろう。
そう言えば、そろそろあれが届くころだ。
こちらも準備を整えておかなければ。

Episode3

第三話　暗殺者は秘密の実験をする

The world's best assassin, to reincarnate in a different world aristocrat

しっかりと体を休めて気持ちのいい朝を迎えた。

シャワーを浴びてから、台所でバスケットを回収する。

昨日のうちに弁当を作ってあった。

今日は朝から出かける予定があり、そういうものが必要だったのだ。

外にでると、すでにみんなが動きやすい格好をして待っていた。

「ピクニックなんて楽しみです」

「今日は、空を飛ぶんだよね」

「他にも面白いものがあるって言っていたのが気になりますの」

今日の目的は二つ。

一つはトウアハーデに戻る際にディアとネヴァンにハンググライダーを操縦させると約束したのを果たすこと。

裏山には小高い丘があり、そこから飛ぶと気持ちよく滑空できる。

そして、二つ目はとある実験をするため。

今までのような、改良魔法や魔道具なんていう細々したものではなく、世界を変えてしまいかねない代物を試す。

「時間がないし早く行こう。今日はいい風が吹いてる」

この風向きと強さは飛ぶには最適だ。

今日は気持ちよく飛べるだろう。

◇

魔法でハンググライダーを生み出し、操縦方法を説明する。

「さあ、飛べ」

「えっ⁉　やり方聞いただけで飛べってかなり厳しすぎない⁉」

「習うより慣れろって言いますの。聞いた限り、単純だし問題ありませんの」

「俺は地上で指示を出すから、安心してくれ」

かなり雑だが、それが一番早い。

こんなことができるのはあの二人が相手だからだ。

普通の人間なら、墜落すれば大怪我《おおけが》するし死すらもありえる。

しかし、魔力で身体能力を強化できる二人であればトラブルにも対応できるし、怪我をしても俺が治せる範囲だろう。

だから、スパルタで行く。

「無線通信機はしっかりとつけておけよ」

「うっ、うん。命綱だしね」

「……やっぱり、この技術を持ち帰って広めたいですの」

二人が無線通信機を身につけた。

これさえあれば、地上からアドバイスできる。

「そう言えば、これの有効範囲は百メートル程度と記憶しておりますわ」

「持ち運べるもので双方向通信であればな。この山は俺の実験場だ。あれのプロトタイプがある」

そう言いつつ、例のものを地面から取り出す。

それは鋼で出来ていて、俺の身長ほどはある長方形の大型魔道具。

「このサイズなら、音を送る信号を増幅して伝えることができる。携帯版の二十倍、二キロは届く」

あくまで信号を増幅して伝えるだけだから、飛ばせる距離が伸びただけで百メートルを超えると子機からの信号は届かなくなる。

百メートルまでは双方向通信であり、それ以降はこちらからの片方向通信。

しかし、アドバイスを送れるだけでもありがたい。

「そこまで届きますの！　戦争で使えば無敵ですわね。これがあれば、一瞬でありとあらゆる情報を全軍に伝達できます。万の兵よりもよっぽど価値がありますの！」

千や万の軍が完璧な意思統一を出来る。

それは軍の戦闘力を何十倍にもするだろう。

「だから言っているだろう。俺は戦争のために作ったわけじゃない。こんなものをうちの貴族たちが知れば、意気揚々と他国に攻め込むだろうな」

アルヴァン王国の貴族には野心家が多い。

血の気が多い連中が、さらなる力を手にすれば侵略に動くのは必然。

「それの何が悪いのです？　アルヴァン王国がもっと栄えますのに」

「そういうのは趣味じゃない。国を栄えさせるにしても、奪うより今あるものを発展させたい」

平和主義者というわけじゃないが、無駄に血や涙を生み出すつもりも流させるつもりもない。

俺自身はトウアハーデの領地があればそれでいい。

だというのに、他人の欲につきあわされて、人殺しの片棒を担がされるなんてごめんだ。

「野心がないのはルーグ様唯一の欠点かもしれません」

「俺はそれを欠点とは思っていないさ。それより、さっさと飛べ。この風がやまないうちにな」

「じゃっ、じゃあ、行ってくるね。危なくなったら助けてよね」

「では行ってまいりますの」

ディアとネヴァンが丘の上から飛び立つ。

風に乗り、滑空し遠くまで飛んでいく。

二人とも基本に忠実な操縦で危なげがない。

「二人共、頭も要領もいいからな。俺がついていなくても大丈夫だと思っていたんだ」

「ですね。私よりもずっと早く慣れてます」

横風が吹いてもすぐに立て直している。

ハンググライダーの仕組みを理解しているからこそ適切に操縦できる。

ただ、風魔法が使えないため、ゆっくり高度が下がっていく。

都合よく上昇に使える風なんてものはそうそう吹かない。

しばらくして着地。二人は身体能力を魔力で強化して、こちらに走って戻ってくる。

いや、それだけじゃないな。

ディアがとても悪い顔をしている。

……嫌な予感しか無い。

「あいつ」

全力で走ると、思いっきりジャンプする。

その程度の高度なら、すぐに落ちるしかない。

しかし、ディアは詠唱をしていた。

本来詠唱中はそちらに魔力とリソースを持っていかれ、身体能力強化できなくなるが【高速詠唱】の応用で【多重詠唱】が可能になる。

ディアは風魔法なんて使えない。

何をする気だ。

「きゃっ」

激しい爆発がディアの後方で起こる。

爆風に乗ってハンググライダーが上昇し高度をあげ、加速。

機体にダメージを与えないよう、かなり離れた位置を着弾点に指定している。

それだけじゃない、【多重詠唱】で爆発魔法以外にも魔法を詠唱していた。

その魔法が発動する。

「……めちゃくちゃしやがるな」

足裏から、炎が吹き出ている。

いや、あれは炎じゃない。周囲の空気を集め、加圧し、燃焼させることで高温高圧ガスを勢いよく噴出させて推力にしている。

原理的にはジェット機に近い。

風を操る俺やタルト以上の速度がでている。

ジェット機を知らないはずのディアが自力の考察で、こんな魔法を生み出すのは驚嘆に値する。

「ディア様、すごいです。あれ、速すぎます」

「ただ、真似《まね》しようとは思わないな。相当難易度が高い上に制御が難しい。ちょっとでも制御を誤れば、炎で機体を燃やして終わりだ。燃費も悪い。ディアや俺以外の奴が使えば一瞬で魔力切れだ」

しかも、風魔法を使えないディアは周囲の空気を集め加圧するのに、無属性の魔法で風を摑《つか》んで固めるという、ひどく非効率的な方法を使っていた。

欠点は多い。だが、それを差し引いてなお良い魔法だ。

俺が使うのであれば風を摑んで固めるのではなく、風魔法で風に来てもらうことができる。

しばらく飛行を楽しんだディアが降下し、俺たちの隣に着地した。

「ふっ、ふっ、ふっ。どう？　風を使えなくても私だって速く飛べるんだから！」

「驚かされたな。ディアの専用機も作っておくか」

「ありがと。楽しみだよ」

「次に王都いくときは、自分で飛べるな」

「そっ、それは、ちょっときついかも」

なにせ、燃費がひどく悪い魔法だ。

王都までは持たないだろう。

しばらくすると、ネヴァンがハンググライダーを抱えて戻ってきた。

「はあ、はあ、やっと帰ってこられましたの。これ、飛んでいるうちは最高ですけど、もどってくるの、ほんと辛いです。重いですの」

いつも優雅な彼女は珍しく汗だくになっている。

「あの、ディア。お願いがありますの」

「うん、何かな?」

「光を推力にする魔法は作れませんの?」

「ごめん、ちょっと想像できないよ」

光を推進力に変える仕組みはSFなどでは見かけるが、実用化したという話は聞いたことがない。

正確には理論は完成し、実現可能だと専門機関が発表している段階。

さすがの俺もそれを魔法で再現できる気はしない。

「残念ですの……」

魔法は便利だが、万能ではない。

できることと、できないことがあるのだ。

◇

飛行を一通り楽しんだあとは昼食だ。

あれが来るまでもう少し時間がある。

「今日もルーグ様のご飯が食べられるなんて幸せです」

「毎日、ルーグがご飯作ればいいのに」

「あの、それはそれで私が悲しくなっちゃいます。使用人としての意地が……」

バスケットの中にあるサンドイッチが顕《あらわ》になる。

定番の卵サンド、それにイノシシで作ったハンバーグサンド、それに今日のとっておきがあった。

「ルーグ、また嘘《うそ》ついたね。昨日、グラタンを作ってくれるって言ったのに。ううう、グラタンが食べたいよぅ」

ディアが恨めしそうに見ていた。

「あの、さすがにお弁当にグラタンは……あれ、冷めるとあんまり美味しくないですし」

「グラタンってなんですの？」

ディアが得意げに、ネヴァンにグラタンを教える。

「とっても美味しいんだよ。昨日のクリームシチューでショートパスタを煮てからチーズを載せてオーブンで焼くの。味が濃厚になって、満足感たっぷり。私の大好物なんだ」

「まあ、それは美味《おい》しそうですのね」

「なのに……」

また、俺のほうを見る。

「早とちりしないでほしいんだが、ちゃんと作ってある。まず、サンドイッチを食べてみてくれ」

そう、ちゃんと作ってあるのだ。

俺はディアの恋人だ。恋人のわがままは聞いてやりたい。ただ普通にグラタンを作っただけでは弁当には適さない。

だから、冷めても美味しいグラタンを作ってある。

「って言ってもサンドイッチしかないよ？」

「とにかく食べましょう！」

「そうですの」

　俺は微笑み、水筒からスープを注いだ。

　そして、食事が始まる。

「あら、この卵のサンドイッチ、ほのかに酸っぱくて、豊かな味。こんな味付けは初めてですの」

　ただ、半熟ゆで卵を潰して自家製マヨネーズを混ぜただけだが、マヨネーズという調味料はこの世界になく斬新な味付けになり、どこで振る舞っても好評だ。

「ハンバーグの味付け、香ばしくて甘辛くて美味しいです」

　ハンバーグは照り焼きに仕上げた。照り焼きは冷めても美味しい。

　そして、いよいよ今日の特別料理。

「あっ、グラタン。本当にグラタンだよ！　美味しい、とってもとっても美味しいよ」

　それはグラタンコロッケサンド。

　煮付めたクリームシチューに肉とマカロニを加えたものを種にして揚げたコロッケ。

　そのコロッケに極限まで煮詰めた特濃トマトソースをたっぷりかけてパンで挟む。

　これだけ濃い味だと冷めても美味しい。

「これがグラタン。とっても美味しいですの」

「私の大好物だもんね」

「はい、私も好きです」

炭水化物であるマカロニに炭水化物であるホワイトソース、炭水化物の衣をつけて揚げて、炭水化物のパンで挟むという、炭水化物の化身。

なのにうまい。理屈ではないのだ。某ハンバーガーショップの超人気メニューでもある。

「ふう、美味しかったよ。やっぱり、ルーグは最高の恋人だね」

「わりとディアって調子がいいよな」

抱きついてきたディアを撫《な》でる。

これだけ喜んでもらえたなら頑張った甲斐《かい》があったというもの。

「そういえば、今日はハンググライダーで飛ぶ以外にも大事な実験があると言っていたよね？」

「ああ、そろそろ来るころだ」

懐中時計を見ると約束の時間だった。

もうすぐ、世紀の大実験が始まる。

魔族を見つけ次第、即座に情報を得るための道具。

来たか。無線通信にも使っていた、黒い大型通信機が震える。

そして……。

『ルーグ兄さん、聞こえているかしら？　あなたの妹がムルテウからラブコールを送っているわ』

マーハの声が聞こえた。

約四百キロ離れた遥《はる》か彼方《かなた》から、リアルタイムで。

「聞こえているよ。実験は成功だ」

『ふふっ、嬉《うれ》しいわ。これでいつでもルーグ兄さんの声が聞けるのね』

実験は成功。

俺が作りたかったのは電話だ。

実のところ電話を作るプロジェクト自体は二年前から動き、試作機は一年前には完成していた。

しかし、通信網を作るのに時間とコストと労力が必要でオルナの権力と資金をフル活用しても今になってしまった。

みんなが絶句している。

二キロですら度肝を抜いたのだ。四百キロなんて想像すらしていなかっただろう。

そろそろネタバラシしよう。

さきほどの通信機が最大で二キロしか通信できないにも拘わらず、なぜマーハの声が四百キロ先から響いたのかを。

Episode4

第四話――暗殺者は通信網を作る

The world's best assassin, to reincarnate in a different world aristocrat

大型の通信機からマーハの声が響いている。

『感慨深いわね。二年かけてようやく完成だもの。初めてルーグ兄さんから聞かされたときは、夢物語にしか思わなかったわ』

「まあな。だが、これで主要拠点全てを繋《つな》ぐ通信網が完成した」

『ええ、オルナは無敵になるわ。それに今まで以上にルーグ兄さんをサポートしてみせる』

本当に長かった。

この通信網を完成させる際には多くの障害があり、その一つ一つを根気よく解決してきたのだ。

実験ついでにマーハから、オルナの動向と頼んでいた調査の結果を受け取る。

うむ、音質もまったく問題ない。

しいていうなら伝送距離が長いせいでわずかなラグがあるぐらいか。

『あと、後ろから知らない女の声がするのは気の所為かしら？　それもかなり美人で特別な感情をルーグ兄さんに向けているような気がするのだけど……ふふふっ、私がルーグ兄さんのために過労死寸前まで頑張って働いて尽くしている間に、ルーグ兄さんは恋人を増やすなんて、面白すぎて気持ちが折れそうね』

最後にプライベートな話をして通信を終了した。

怖い。何が怖いのかと言うと、怒るわけでなく、本気で疲れ切った声でそのまま俺の言い訳を聞くことすらなく電話を切ったこと。

今度、会いに行こう。

マーハには毎回、無茶《むちゃ》振りをしてしまっている。彼女にはケアが必要だ。

通信が終わると、ネヴァンが噛《か》みつきそうな勢いで迫ってくる。

「ムルテウからって本当ですの⁉　あそこからここまで四百キロ弱はありますわ。もしかして、私たちをからかってます？　その箱の中に女の子が隠れているなんてことはありませんの？」

「そんなくだらないことはしないさ。ちゃんと四百キロ先から声が届いている」

ネヴァンが絶句している。

戦場に声が届くなんてものを凌駕《りようが》し、国中と繋がれる。

その意味が彼女にわからないはずがないのだ。

情報には鮮度がある。

商売を例にとろう。常に街ごとの相場を把握していれば、右から左へ商品を流すだけで巨万の富を得られる。それを皆が行えていないのは、情報伝達に時間がかかってしまい、商品を仕入れて届ける頃には相場が変わっている、あるいは似たようなことを考えている連中との競争になるからだ。

だが、通信網があれば一瞬で情報を伝えられる。つまり、相場が変わったり、競合の商社が動く前に商品を届けられるのだ。これがあれば猿でも儲《もう》けられる。

アドバンテージがあるのは商売だけじゃない。

政治、軍事を含めたありとあらゆる分野において、通信網を持たないものよりも世界を俯瞰的《ふかんてき》に見つめ、的確かつ迅速な行動が可能になる。

数日早く動くことができれば、常に先手を取れるだろう。

この世界にいる者たちは繋がっていない。

何をするにも離れれば離れるほど情報伝達に時間がかかってしまう。そんな中、こちらだけが世界中と繋がり、まるで一個の生き物のように動く。

その差は、繋がっていることが当たり前な人間が想像しているものの数倍は圧倒的。

これは世界を作り変える類の発明だ。

「……これをフル活用すれば世界征服すら可能ですの」

「やろうと思えばな。だが、さっきも言ったようにそんな真似《まね》をする気はない。これはあくまで俺の持つ情報網を強化するための道具だよ」

多少、オルナの商売に利用する以外は、あくまでただの情報伝達手段として利用するつもりだ。

「あの、ルーグ様。どうして、そんな遠くから通信できるんですか？　その大きな箱でも二キロが限界なのに……もしかして、もっともっと大きなのがどこかにあるんですか⁉」

「あっ、私も不思議だったよ？」

ネヴァンほど、これの価値をわかっていないタルトとディアのほうが立ち直るのが早かったようだ。

当然の疑問を抱く。

「さっきまで使っていたのは無線型だけど、こいつは有線型なんだよ。線でつながっていてね。その線を信号が伝う。だから無線より、ずっと長距離伝送ができる」

「そんな線、ぜんぜん見当たらないよ」

「地下にあるからな」

それこそが、この通信網構築に二年もの歳月をかけた理由だ。

「でも、それって怖くないですか？　どこかで切れちゃったら終わりです」

「その通りだ。だから、切れないものを作った。これが線の実物だよ。こいつで、この巨大な通信機同士を結んでいる」

俺は【鶴皮の袋】から、通信線を取り出す。

「けっこう、太いんですね。私の太ももより太いです」

「実際に通信している部分は細いんだが、それを守る素材が厚いんだ。丈夫さを見せてやろう。全力でこれを斬ってみてくれ。魔力で強化しても構わない」

「じゃっ、じゃあ、やってみます!!」

俺が両手で線が張るように持つと、タルトがナイフを抜き、斬りかかってきた。

凄《すさ》まじい衝撃、魔力で強化しているだけあって重い一撃だ。

振るうナイフは、俺が作り上げた特殊合金の魔剣。

鉄板だろうと叩《たた》き切る一撃。

しかし……。

「うそっ、斬れないです」

「そういうことだ。魔力で強化したタルトの一撃すら受け止める。それに、こうやってぐねぐね曲がるぐらいに柔らかいから折れない。こいつを最低でも地下五メートル以上深くに埋めてある。そうそう切れないし、切れても大丈夫な工夫をしている」

「それ、気になるよ。教えて」

「重要拠点同士は、二つのルートで冗長構成にしている、一つのルートが切れても別のルートから信号が届く」

ムルテウや、トウアハーデなどをコア拠点と定めており、東ルートと西ルートが存在するのだ。

「ちょっとまって、重要拠点ってことは普通の拠点もあるんだよね」

「当然だな。全部で通信機を設置している拠点は二十拠点。この国の主要都市と言われているところには全て設置が終わっている」

「えっと、それってさ。その二十拠点から、どこの拠点にも声が届けられるってこと？」

「そのとおりだ」

だから、俺はこれを通信〝網〟と表現している。

もともと有線であろうと最大伝送距離は八十キロほど。

だから、最長でも拠点間の距離は八十キロほどが限界で、一度どこかの拠点に通信が届くと再度信号を増幅して次に送るという方式を取ることで何百キロもの通信を可能にしていた。

ルートを二つ用意しているのは、線を切られたときの対策でもあるが拠点が潰されたときの対策でもある。

「スケールが大きすぎるね。二年もかかっちゃうわけだよ」

「スケールのでかさもあるが、秘密裏に作る必要があったのも時間がかかった要因だ。作業員は誰でもいい訳じゃない、土魔法を使える魔力持ちが何人も必要でね。この通信網を作るのにオルナの総資産の四割を使ったよ」

「あっ、あの、オルナの四割って言ったら、その辺のお城ぐらい軽く買えますよね？」

「その辺の城どころの話じゃないさ、タルトの想像した金額の倍は使っている」

汚れ仕事を受けてくれて、なおかつ口が堅い魔力持ちなんてそうそう居ないし、居たとしてもとんでもない値段を吹っかけてくる。

電話線も装置も俺が作ったにも拘わらず、これだけの金額が吹っ飛んだのはほとんどが人件費と、権力者たちに目をつぶってもらうための裏金。

「うえっ、とんでもないお金だよね」

「とんでもない金額だが問題ない。通信網が完成した以上、二ヶ月もあれば元が取れる」

これは希望的観測ではなく、最低でもそれだけはできるという底の数字に当たる。

試算ではもっと稼げると出ていた。

それが情報戦でほかを圧倒することで得られる果実。

「二ヶ月？　謙遜しすぎですの。一週間あれば十分ですわ。……よく、それを私に話す気になりましたわ。ローマルングはそれを手に入れるためなら、街の一つや二つ、いえ、国一つぐらい滅ぼしますわよ」

「ネヴァンは実力行使をしない。俺にはそれ以上の価値があると考えるだろう。これ以上のものを見たくないか？」

「ふふふ、金の卵を生む鶏というわけですの……いいでしょう、このことは私の胸にしまっておきましょう。本当にあなたの隣は飽きないですの」

ネヴァンが笑う。

それからぶつぶつと、この通信網を有効活用する方法を思案し始めた。

「あと、気になったんだけど、さっきここから無線で空を飛んでる私たちにアドバイスくれたよね。もしかして、これってさ、別の拠点からここまで有線で情報を運んで、そこから子機に無線で通信可能な感じ？」

「めざといな。その通りだ。逆もできる。子機から送れるのは百メートルほどだが、子機から受け取った情報を別の拠点にも送れる」

まさかディアに気付かれるとはな。有線機能と無線機能、両方を持たせたのはそういう運用をするためだ。

有線の大型をセンターにして、付近の無線子機に一斉に情報を送ることで、別に拠点でなくても通信を受け取れるし、逆も可能。

この仕組みは俺の世界での携帯電話と同じ。あれだって、各街に設置している通信機からエリアの携帯にデータを送り、そういう拠点同士は有線でつながっている。

そうしたのは便利だからというのもあるが各拠点にいる諜報員《ちょうほういん》たちに大型通信機の場所を開示しないため。

彼らには子機のみを与え親機の存在自体は秘匿しているし、俺が開発したとは伝えず発掘された神器と説明してあった。

彼らの認識では、特定の場所で子機を使えば全拠点に通信できるというだけ。親機については存在すら知らない。

裏切られたところで向こうが神器だと思っていればさほど大きな問題にならないし、奪われたのが子機ならどうとでもできる。

諜報員は信頼できる者を選んでいるとはいえ念には念を入れている。

「ふえっ、すごいです」

「だから、これからはその通信機を常にもっておけ。それさえもっていれば、多くの街でどこからでも声を届けられる。それから、通信をしてきたときにその場にいなくても一日分の通信はあとから聞けるんだ」

「はいっ、大事にします」

「うわっ、なくさないようにしよ」

「絶対に手放しませんわ」

三人が大事そうに通信機の子機を抱える。

あとで使い方を教えないとな。

通信をする際にチャンネルがあり、用途によってチャンネルを使い分けている。

彼女たちの子機は、俺がプライベートで使うチャンネルだけを受け取るようにしてあった。

「さて、これで実験は終了だ。帰るとしようか」

「あっ、私はハンググライダーで帰るよ」

「私もそうしますわ。なにせ、帰りに使うなら歩いて運ぶ必要はありませんもの」

「好きにするといい」

よほどハンググライダーが気に入ったようだ。

飛んでいく二人を見送る。

そうしていると、俺が所有している子機が鳴った。

そのチャンネルは王都の拠点を使っている諜報員からのもの。

報告を聞き終える。

「あの、ルーグ様、とっても怖い顔をしています」

俺を見たタルトが怯《おび》えていた。

「すまない、少々悪い知らせが来てね。……早速通信網が役に立ったよ。あと三日、情報を得るのが遅れたら手遅れになっていたかもな。貴族の嫉妬というのは、どうしようもなく見苦しい」

やはり、リアルタイムの情報は強い。

この投資は間違っていなかった。

早く情報を知れたことを活《い》かして不意を打たせてもらうとしようか。

王都の連中が想像すらできない迅速さを持って。

Episode5

第五話――暗殺者は罠を跳ね返す

The world's best assassin, to reincarnate in a different world aristocrat

実験を終えて、家に戻ったあとは俺を嵌《は》めようとしている貴族たちへの反撃を始めた。

罠を放置していれば、俺の立場が悪くなるばかりかトウアハーデそのものが危うくなる。

「通信網を作り、的確に諜報員を配置すれば、これほどの力になるのか。想定以上だ」

通信網は主要都市二十を繋ぎ、リアルタイムでの通信を可能にした巨大なインフラ。

そして、各地に派遣した諜報員が集めた情報が共有される。彼らは二種類に分けられる。

まず、オルナの中でも特に忠誠心が強い従業員たち。彼らは各主要都市で商人として働きながら、主に経済・物流に関する情報を共有してくれる。彼らから得られた主要都市の金と物の流れを俯瞰《ふかん》すれば大きな企《たくら》みごとはたいてい看破できる。

（でかいことをしようとすればするほど金と物は動き、それらは雄弁に何をするかを語ってくれる）

人の口に戸を立てることができたとしても、金と物の動きは誤魔化《ごまか》すのがひどく難しい。

（今回、役にたったのはもう一つのほうだ）

もう一つは【聖騎士】である俺へ憧れた貴族たちを引き入れたもの。彼らのほとんどは魔力持ちであり、貴族社会の情報を提供してくれる。

彼らは優秀だ。【聖騎士】である俺にコンタクトを取ることができたものだけで構成されているのだから。

それができるということは圧倒的な家の格を持つか、あるいは裏ルートを通すだけの力があるということ。

一人ひとり面接し、信用できるものだけを協力者に仕立て上げた。

彼らを利用すること自体は簡単だった。

【聖騎士】に憧れた連中のお望み通り、英雄の力となることで自身も英雄気分に浸らせてやっている。金銭も十分に与えた。貴族であっても、ほとんどが家督を次ぐ前なので自身で使える金などたかが知れており、喜ばれた。

さらには洗脳技術で心を掴み、相手の立場ごとに必要な利益を与えることで離反のリスクを減らしてあった。

そうすれば、身内どころか自分の家の情報をぺらぺらと話してくれる。

……問題は優秀であっても幼稚な人間が多いこと。英雄ごっこをしたがっている人間なのだから、そこはしょうがない。

だからこそ、その存在がバレた際のリスクマネージメントに力を入れていた。

「王都を重点的に監視していたのが効いたな」

王都には多くの目を用意してある。

あそこは政治の中心であり、領地よりも中央を優先する貴族は人一倍見栄《みえ》っ張《ば》りで嫉妬しやすい。

だから、足を引っ張ってくる連中が多くいると思っていた。

そういう連中からすれば、俺が妬ましくて妬ましくて仕方ないだろう。

下級貴族にすぎない男爵家の長男。そんな俺が魔族を立て続けに倒し、王家に気に入られ、四大公爵家が一つ、ローマルングにも取り入っていると見られている。

その栄光が、受けている寵愛《ちょうあい》が妬ましい。

そして、やがてトウアハーデ家は出世し、自らの立場を脅かす……とも思っている。

俺も父もそんなことには一切興味がないのに。

「俺の足を引っ張ればどうなるか、少し考えれば彼らだってわかるだろうに」

魔族を倒すものがいなくなれば自分の首を絞めることになってしまう。

今の勇者は王都に張り付いて動けないのだから、俺が魔族に対処せねばアルヴァン王国の国土が荒らされ放題になるだろう。

そして、魔族に好き勝手させれば魔王が復活してしまう。

魔王は勇者ですら対処できない可能性があり、そのときは国ごと滅ぶ。

少なくとも魔族の脅威があるうちは俺の邪魔をするべきじゃない。

それでも彼らは嫉妬と虚栄心による蛮行を苦しい理屈で正当化し、俺に牙を剝《む》く。

「少々のことなら見逃すつもりだったんだがな」

……今回のはとびきりタチが悪い。

ならばこそ、対処する。

最初は正攻法で戦うが、最悪の場合は本業《あんさつ》を行ってもいいとすら思っている。

それほどまでに相手はあくどい罠を仕掛けてきたのだから。

◇

翌朝、ネヴァンを迎えにローマルングの使いがやってきた。

ローマルングの令嬢というのは、多くの仕事と責任を抱えており、忙しい。ここにいられるのも限界というわけだ。

俺たちは見送りに来ている。

「トウアハーデでの日々、本当に楽しかったですの。また、来ますわ。ありがとうございました」

「礼はいい、こっちもローマルングでは楽しませてもらったからな。これからも良好な関係を築けることを祈っているよ」

「私も同じ気持ちですの。次は学園で優しい先輩の顔をしてお相手しますわ」

「ああ、こっちもかわいい後輩として振る舞おう」

そう言えば、学園の再建がそろそろ終わるころか。

そうなれば、ネヴァンが先輩になる。

学園では意図的に避《さ》けていたが、もはやそうする理由はない。

「それと、ルーグ様はちょっと困ったことになっているようですわね」

「なんのことだ」

「私を騙《だま》せるとは思わないことですの。ルーグ様の表情も佇《たたず》まいもいつもと変わらない。だけど、空気が違うのです」

参ったな、表情や感情を隠すつもりで見抜かれた経験は前世を含めて、そうそうない。

「少々トラブルがあってね」

「ローマルングの力をお貸ししましょうか？」

「それには及ばない」

強がりじゃない。

不必要なところで、借りを作りたくはない。

ローマルングの力を使うべきはもっと後だ。

「そうですの。気が変わったらご連絡くださいな。……これはしっかり持っておきますので」

「ああ、そのときは頼む」

通信網はこの国の主要都市に仕掛けてある。

そこにローマルングの街が含まれていないわけがない。

ネヴァンには、街に仕掛けた大型通信機の場所を教えてある。

その通信機を使えば互いに連絡を取ることは可能。ただし、特定チャンネルしか使えない通信機のため、諜報員《ちょうほういん》たちの情報をネヴァンが傍聴することはできないようにしてある。

最後に一礼してネヴァンが帰っていく。

彼女といると神経がすり減るが、同時に楽しく勉強になった。

これからも良好な関係を続けたいものだ。

◇

ネヴァンと別れたあと、自室の子機から通信網にアクセスする。

トウアハーデの屋敷にも大型通信機が設置されている。

だが、これは少々特殊なもので資料には記載がなく、マーハすらこれの存在を知らない。

また、他の通信機にはない特別な機能を持っている。裏切りものが出た際に、被害を最小限に抑えつつ、その裏切りものを特定するための機構だ。だからこそ、こいつの存在を誰にも教えていない。

マーハやタルトたちと連絡するプライベート用ではなく、諜報員たちに伝えるチャンネルを指定する。

「銀から、王へ……」

プライベートチャンネルでは名前で呼び合うが、諜報員と繋がるチャンネルではコードネームを使う。

銀というのは俺のことで、王は王都にいる諜報員を意味する。

そうして、俺は諜報員に対して、俺に罠を仕掛けた奴《やつ》らへ罠を仕掛けるべく指示を出した。

◇

翌日ハンググライダーが用意されていた。

俺とディアが使う二人乗りのものと、タルトの専用機。

「悪いな。もう少しここでゆっくりしておきたかったんだが」

「いえ、ぜんぜん構わないです！　ルーグ様と一緒にいられるならどこへだって行きます」

「にしても、ひどいよね。ルーグを犯罪者呼ばわりなんて」

「ああ、ひどい話だ」

俺を嵌めようとしている連中は、俺に殺人の罪を着せようとしている。

今までの暗殺がばれたわけではなく、まったくの濡《ぬ》れ衣《ぎぬ》。

暗殺者にとって、殺しが露見し捕らえられるのは最大の屈辱だ。無能の烙印《らくいん》を押されるのに等しい。

冤罪《えんざい》だとわかっていても、ひどく苛《いら》つく。

「雑な手法だ。政敵を殺してその死体をジョンブルに廃棄して、偽りの証人に俺が魔族との戦いの中で巻き込んで殺したと言わせるつもりらしい」

「あの、それってルーグ様が悪いことになるんですか？　魔族との戦いの中で、誰かを巻き込むって普通にあると思うんです。そんなの気にしていたら戦えないです」

「まあな、【聖騎士】の権限に戦いの最中に与えたいかなる損害も、その責を負わないというものがあるぐらいだ」

【聖騎士】だけでなく、勇者や一部の上級騎士団も同じ権限を持つ。

強大な戦闘力を持つ者たちが戦えば、その余波は広範囲に及ぶ。そして、彼らが派遣されるのは、たいてい敵が強大、あるいは超緊急案件。周りの被害を気にしていてはまともに戦えない。

「おかしくない？　だったら、ルーグに罪を着せるなんて無理だよ」

「いや、やつらにとってはそれでいい。俺が殺したことになっているのは高貴なお方で人気者と来た。罪はなくても民や多くの貴族たちからの心象は最悪になる。最悪、敵討ちなんて言い出す連中が現れるかもな。嫉妬で足を引っ張りたいだけなら十分なネガティブキャンペーンだ。……それだけじゃなく、被害者とトウアハーデ男爵家の確執をでっち上げて、意図的に殺したと思わせるように仕込んであるそうだ」

いくら、【聖騎士】の権限で戦闘に巻き込むことが不可抗力として認められるとはいえ、意図的な殺しであれば問題になる。

罪がなくとも、様々な方面で様々な貴族たちがトウアハーデに制裁を加えてくるのは間違いない。

「えげつないね。だから、貴族社会は嫌いだよ」

貴族社会で出世をするには足の引っ張りあいが物を言う。

戦乱の時代であれば目立つ成果を立てることで出世できるのだが、そうでない限り目立つ成果なんてものはなかなか作れない。

だから、ミスをしないこと、そして自分より上の競争相手をいかに失脚させるかが重要になる。

出世欲がある貴族はそこに長《た》けている。

俺を嵌《は》めようとしている連中もその口だ。

「あの、それって、どうやって対抗するつもりですか」

「偽証をする証人を突き止めた。少々、〝説得〟してこちらの味方につける。俺の罪を暴く場で、逆に黒幕が俺を嵌めようとしたことを証言してもらう」

「寝返ってくれるんですか？」

「俺に出来ないと思うか？」

タルトがびくりとする。

俺は説得が得意だ。

……通信網がなければ、対策をする時間を得られなかっただろう。

裁判の流れはこうだ。

罪を告発するものが現れ、まずは裁判を行うかが審議される。

その審議で承認されれば、まずは伝書鳩《でんしょばと》を使っての手紙の輸送、併せて手紙を持った役人が馬車で出発する。

告発されたものは、役人が領地に到着してから三日以内に領地に戻り、役人に同行して王都に向かわなければならない。

そして、王都に到着してから関係者のスケジュールの都合が付く最短で裁判が行われる。

王都からであれば、どう急いでもトウアハーデまで一週間はかかる。

伝書鳩なら二日か三日。

本来なら、伝書鳩の手紙が届いてから役人が来るまでの五日、プラス、役人が待ってくれる三日の計八日間の間《あいだ》に領地に戻ればいい。

ただ、今回の場合は〝不幸にも〟伝書鳩は事故にあって手紙が届かない予定らしい。

……つまり、手紙を持った役人が来てから三日以内にトウアハーデに戻れなければその時点で逃走したとみなされ罪が確定。

間に合った場合にも、俺を訴えた奴は各所に手を回しており、役人と一緒に王都に戻った翌日には裁判が行われるようにしてあるそうだ。

何も知らなければ不戦敗か、領地に戻れたとしても一切の準備ができないまま裁判に臨むしかなかった。

「まったく、こんなことのために作った通信網ではないんだがな」

苦笑する。

今回はこいつに助けられた。

今日の朝、手紙を持った役人が王都を発《た》ったらしい。

それを昨日のタイミングで知ることができたからこそ、いろいろと仕込みができる。

「うん、ほんとだね。でも、ルーグの無実を証明できそうで安心したよ」

「ああ。だがな、それだけで終わらせるつもりはない。報いを受けさせる」

ただ、無実を証明するだけじゃ足りない。

二度とこんな真似《まね》をする馬鹿が現れないよう、徹底的に叩いて見せしめとしようか。

Episode6

第六話　暗殺者は変装する

The world's best assassin, to reincarnate in a different world aristocrat

ハンググライダーで飛行する。

陸路とは違い最短距離をいける上に、移動速度も速い。

王都に馬車で行こうと思ったら数日かかる。情報の速さと移動の速さ、二つの速さで敵の裏を掻く。

順調に飛行していると少々いたずらごころがわいてきた。

「ディアが作ってくれた魔法を俺も使ってみるよ」

炎で熱した高圧ガスの噴射による超加速は極めて理に適《かな》った推進システム。

前知識なしにあれを生み出したディアのセンスは凄《すさ》まじい。

そして、俺ならあの魔法をよりうまく使える。

「気をつけてよ。私の魔法でも機体から嫌な音鳴ってたし、風魔法が使えるルーグが本気でやったら機体が耐えられないかも」

「強度計算はしっかりやっている」

ハンググライダーの設計はもともと風での加速に耐えられる範囲で、限界まで軽量化してある。

ある程度のバッファはあるとはいえ、想定している速度を超えれば故障のリスクがつきまとうのだ。

「魔法はもうできてるの？」

「ああ、出発前にね」

何かと便利そうだったので、ディアの式を改変したものは作ってある。

改良点は二つ、一つ目は風の魔法を使うことでより効率的に周囲の大気を集めることに成功したこと。

二つ目は、無属性魔法を組み込み膜のようなものを生み出し、推進力を機体全体で受けるようにしたこと。

改変した魔法を【スラスター】と名付けた。

移動だけじゃなく、戦闘にも使える。高圧ガスの噴射は極めて殺傷力が高く、実戦では高速移動しつつ高火力の攻撃を放つ使い勝手のいい魔法になるだろう。

その【スラスター】を早速使う。

【多重詠唱】の力で火と風の魔力を同時に練り上げていき、【スラスター】の詠唱を終わらせ、魔法が発動。

凄まじい速度で加速し、風圧で顔が引きつる。とんでもないスピード。

気持ちよすぎて、癖になってしまいそうだ。

わずか数秒で、【スラスター】を終了した。これ以上やれば機体がばらばらになっていただろう。

「こいつはすごいな」

「あはは、最高だったね。風の魔法を使えて、ルーグのばか魔力があったら、こんなふうになるんだ」

「そのようだ……こいつをうまく運用できるようにハンググライダーの設計を見直すか」

この推進力があるなら、多少重量が増えるとしても剛性をあげるべきだろう。

魔法の威力を抑えて使うよりは、耐えられる機体を作ったほうが合理的だ。

「それはいいけど、結局ルーグしか使えないんじゃ意味がないと思うよ。ほら、タルトが見えなくなったし」

「それもそうだな」

タルトが追いつけるように、風魔法もオフにして滑空する。

しばらくすると無線からタルトの声が届いた。

『そのぶわーってするやつ、速すぎて、追いつけないですぅ』

無線から聞こえるタルトの声は涙まじりだった。

たしかにディアの言う通りで【スラスター】に対応できるハンググライダーが一つじゃ無意味か。

いや、待て、前提を変えよう。

「よし、決めた。【スラスター】の使用を前提とした四人乗りのものを作ろう」

飛行機ではなくハンググライダーを作っていたのは、推力不足で軽さを優先したほうが速度がでるから。

しかし、脳内で計算したところ【スラスター】があるなら、四人乗り＋剛性確保のために重量を増しても、そちらのほうが速い。

「……どんな化け物ハンググライダーができちゃうんだろうね。ちょっと怖いよ」

「まあ、期待しておいてくれ」

出来上がるそれは、もはやハンググライダーではなく、自家用ジェットだ。

設計を煮詰めていこう。

◇

王都郊外に着陸し、今回は俺だけじゃなくディアとタルトも変装をする。

そのためのメイク、着付けは俺が行った。

そして、偽の身分証を用意してある。俺たちは学園に通うための身分証を持っているが今回の目的は、俺を罠《わな》に嵌めようとした連中が用意した証人たちの説得。

万が一にも、俺たちが王都に来たことを悟られてはならない。

「髪を染めるのはやだなぁ。傷まないか心配だよ」

「そこは心配しなくていい。ちゃんと考慮してある。オルナの新商品だ」

ディアの輝く銀髪を気に入っている。それを損なうような真似はしない。

この染料は元々、オルナで売り出すために開発していたもの。

髪染めの染料は貴族や金持ちに需要がある。白髪を隠したり、より自身を美しく彩るために。

オルナの化粧品はすべて、着飾るだけじゃなく、使用し続けることで健康になることを売りにしており、だからこそトップブランドとして君臨できている。

この染料も、髪が傷むどころかケアになるように作っており、評判になって飛ぶように売れていた。

「変装ってすごいです。ディア様の印象がすっごく変わりました」

そういうタルトは赤毛になり、髪型はストレートのロング。さらしを巻いて胸を潰し、お嬢様メイクをしていた。いつもと全く印象が違う。

タルトのどこか、親しみやすい雰囲気が消えて貴族の令嬢のようだ。

そんなタルトを見て、ディアが自分はどうなっているのかと鏡で見る。

「……ねえ、首から上はともかく、そこからの下の変装、毎日しちゃだめかな？」

「駄目だ。虚《むな》しくなるだけだぞ」

ディアの変装は髪を黒くして結い上げ、メイクはあえて綺麗《きれい》な肌を汚くし、そばかすが浮かんでいるように見せかける田舎娘風。そのくせ衣装は高価でごてごてしたものを選んだ。

どこからどうみても、王都に来て舞い上がっている成金の田舎娘。

普段の高貴で、人形のような美しさは見る影もない。

ディアの美貌を台無しにする変装。

そこまでしても可愛《かわい》いのはディアのポテンシャルの高さゆえだろう。

だけど、ディアはそこはまったく気にせず、首から下、主に胸に注目していた。

パッドを詰めて胸を大きくしてあるのだ。

「これ、偽物なんだよね。信じられないよ。ねえ、これオルナで売ろうよ。絶対売れるよ！　私、これが売ってたら買うもん！」

「……かもしれないな」

胸に詰め物をすること自体、上流階級でもやっている者はいるが、わりと雑な作りで、ぶっちゃけ簡単にバレる。

厚手のドレスを着込めば多少は誤魔化《ごまか》せるとはいえ、本物とは質感が違いすぎ、不自然さがでる。

その点、俺が作ったパッドと専用のブラを組み合わせると本物にしか見えない。形状も質感も完璧だからだ。触られてもばれない自信がある。暗殺用に作っており、採算度外視。

「すごいよ。柔らかくて、揺れて、うわぁ、いいな。あとね、ずっとずっと言ってみたかった台詞《せりふ》があるんだ！『胸が大きいと肩が凝って大変です』『走る時はすっごく揺れて、バランスが崩れそうになるし、引っ張られて痛いです』『こんなの邪魔なだけですよ』」

ディアが満足気に、胸について不満を言い続ける。

言葉とは裏腹に、ひどくご満悦だ。

なぜか、タルトの顔がどんどん赤くなる。

そう言えば、この口調と声音、どことなくタルトに似ているような気がする。

「ディア様、ひどいです！　それ、全部私が言ったことじゃないですか！」

「ふふふっ、仕返しだよ。持たざるものが、どんな思いでこの言葉を聞いていたか、私の怒りを思い知るといいよ！」

大凡《おおよそ》完璧な人間であるディアの唯一のコンプレックスだから、しばらく好きにさせよう。

二人のじゃれ合いを見ながら、俺は俺で変装をする。

「さて、行こうか。偽の身分証はなくさないように気をつけてくれ、それがないと王都に入れない」

「……あの、本当にルーグ様ですよね？　どこからどうみても可愛い女の子にしか見えないです。私より美人で、ちょっとショック」

「そうだよね。こんな綺麗な人、王都のパーティにもいなかったよ」

俺は女装していた。

これからのプランにおいて女のほうが都合がいいからだ。

俺の容姿が中性的なこともあり、ある程度の変装技術があれば完璧に女性の姿になれるし、演技にも自信がある。

前世でも少年時代には女装して色仕掛けを行い、ターゲットを仕留めたことがある。

「もしかしてさ、この胸を大きくする奴《やつ》って、女装するために作ったの？」

「その通りだ。いつか使う機会があると思ってね。もっとも印象を変える変装は性別を変えることだ」

タルトやディアを男装させることも考えたが、見た目を取り繕えても、二人に男性の振る舞いは不可能であり、不審に思われる可能性が高いので選ばなかった。

逆に俺のほうは所作の一つ一つでさりげなく女を表現している。

「……ここまでするって、元からそんな趣味があったんじゃ」

「そういえば、昔からルーグ様はよく女性服を着てました！」

「あっ、初めて会ったときも、女性服を着ていたよ！」

二人が疑念の目を向けてくる。

「勘弁してくれ、あれは母さんに無理やり着せられていただけだ」

「うん、わかってるよ。ちゃんと私はわかっているから安心して」

「私はルーグ様がどんな趣味でもちゃんと受け入れますから！」

頭が痛くなってきた。

しょうがない、ひと仕事終えたら、いかに俺が男らしいか二人に教えてやろう。

名誉を取り戻すために。

そうするためにも、まずは降り掛かった火の粉を払うとしよう。

そのためのプランはすでに出来ている。

Episode7

第七話　暗殺者は口説く

The world's best assassin, to reincarnate in a different world aristocrat

三人で王都へと入る。

王都へ入るときは貴族専門の入場門を使った。

周囲から見れば、世間知らずの貴族令嬢たちが王都見学に来たように見えるだろう。

なにせ、見るからに成金じみた装いで、金持ちというのをアピールしているのに、護衛の一人も連れていない。

いくら治安のいい王都とはいえ、あまりにも無防備で愚かとしかいいようがない。

それでいて美少女ぞろいなのだから。凄まじく目立つ。

本来、暗殺者は目立たないように振る舞うのだが、今回は目的のためにあえて目立っている。

王都についてからは、成金御用達《ごようたし》の店で昼食を取ったあと、雑談しながら観光を満喫している。

「さっきのランチ、良かったよ。久しぶりの王都のご飯、美味しかったね」

「はい、とっても美味《おい》しいです。でも、とってもとっても高いです。今回使ったお金があれば、一週間分のメニューが作れちゃいます」

純粋にディアは食事を楽しめていたが、タルトのほうは値段が気になって、ぜんぜん楽しめていなかった。

羽振りがいい成金貴族のバカな令嬢を演じるために、あえてそういう店を選んだ。いわゆる観光客向けのボッタクリ店。王都に詳しい人間は絶対に使わない。

……にしてもタルトはやはり演技が下手だ。成金貴族の令嬢の設定だと言っているのに素が出ている。

「私《わたくし》は楽しかったわ。毎日気取ったものだと疲れてしまうけど、たまにはこういうのもいいわね」

まだ、俺の女言葉になれないのか、タルトとディアの笑顔がちょっと引きつる。

今の俺は女装しているので、口調だけでなく声音、仕草、何から何まで女性のものだ。

小声でディアが『違和感がなさすぎて逆に怖いよ』と漏らした。

ちなみに、俺の装いは二人に比べるとランクが落ちる。

仲良し三人組だが、財力では一歩劣るという設定。そして偽りの身分では貴族の階級としては一番上でリーダー格。

そんな面倒な設定にしているのは、ターゲットの共感を得やすくするため。

身分はあるが金はない。高貴であるが困窮というターゲットに合わせた。設定をかぶせることは共感を得る基本。

「王都に入るって大変だって思ってたけど、あっさりだったね」

「はい、身分証だけで入れちゃうんですね」

「言ったでしょ。王都観光なんてわけないって。私たちは貴族なのよ。もっと堂々としてなさい」

用意した身分証は、別人のものだが本物だ。

金に困っている貴族はいくらでもいる。少々金をちらつかせるだけで、簡単に譲ってもらえる。

「それとさ、こんな動きにくい格好したのどうして？　ドレスで歩き回るの辛いよ」

「せっかくの王都観光なのよ。おめかししないと。舐《な》められるわ！」

ちなみに今の台詞は、金がないのに見栄《みえ》っ張《ば》りという設定ゆえだ。さすがに貴族でも、観光であちこち見て回るときに動きにくい派手なドレスは使わない。そんなことをするのは、おのぼりさんだけだ。

「それだけじゃないですよね」

タルトの質問に、今の世間知らずな貴族令嬢三人組という設定のまま答えることはできない。

風の魔法を使う。その名は【囁《ささや》き】。

小声で囁いた言葉を、相手の耳元に届ける、また相手の口元の音をこちらに届ける魔法。どうあっても聞き取れない小声同士でも会話ができるし、この魔法の使用を前提にし、唇をほとんど動かさずに誰にも聞き取れない小声で話す訓練も二人に施していた。

俺たちは外から見れば無言で歩いているようにしか見えない。

『証言をする男が開催するパーティに紛れ込む予定だ。そこで俺が奴を口説いて二人きりになる。馬鹿で浮かれた田舎貴族を演じているのはそのためだ』

『……あのさ、その作戦で口説き役が男のルーグなのってそれなりに傷つくんだけど』

『俺が一番、適性がある。それに、タルトやディアが男を口説くところを見たくないんだ』

『えへへ、そう言われると悪い気がしないね』

『私も嬉《うれ》しいです。でも、ルーグ様は身代わりになって、男の人にあんなことや、こんなことを。……ごくりっ』

『いや、部屋に連れ込ませるまでが女装の目的だからな?』

『あはは、そうですよね。安心しました』

なぜか、安心しましたといいつつ、がっかりしているように聞こえたのは気の所為だろうか。

あえてディアの魅力を損なうメイクをしたり、タルトの巨乳を隠したのは、彼女たちが性的な意味で狙われないようにするため。

かといって、ブサイクにしてしまうとパーティにふさわしくないと思われる。

そのため、彼女たちの魅力を半減させることで、パーティには呼ばれるが男には狙われないラインを狙っている。

その半面、俺は口説き役なので、全力で作り込んである。

（ちょっと手加減しすぎたかもな）

胸がなくともタルトは魅力的で可愛《かわい》いし、肌を汚くしてそばかすを浮かしてもディアは美少女だ。もう少し、彼女たちの魅力を減らすべきだったと後悔している。

『パーティって結構お金がかかるのに、しょっちゅう開くなんて、景気のいい貴族なんだね』

『普通はそう考えるが、そいつは違う。むしろ金を集めるためにパーティをしているんだ』

『あの、お金がかかるパーティで、どうしてお金を集めるんですか？』

貴族にとってパーティというのは頭痛の種だ。

節目節目でどうしても開かないといけない上に、ケチなところを見せれば、評判が悪くなるし、出世に悪影響を与えてしまうのだ。見栄《みえ》を張るために領地の経営を傾けてしまう貴族もザラにいる。

だからこそ、二人はパーティで金を集めるということに疑問を持った。

『下級貴族や成金商人にとっては、名門貴族が開くパーティに参加すること自体がステータスで箔《はく》がつく。大金を払ってでも参加したがる奴らは多い。ターゲットは、没落した名家だ。金に困って、かつての栄光を金に変えている』

『うわぁ、貴族の誇りを売るほうも売るほうだけど、そういうのをお金で買えると思っているのもどうかと思うよ』

もと大貴族だけあって、そういうのをディアは嫌悪している。

金があっても、品位や伝統は買えない。

だから、成金は名のある貴族とつながりがあるという事実を買う。

むろん、貴族社会からすれば、没落貴族と繋がっていても嘲笑の対象にしかならないのだが、成金同士でマウントを取り合うのであれば、貴族の内情なんてどうでもいい。肩書きさえあればそれでいい。

『もう一つ、気になることがあります。どうして女の子のほうが都合がいいって言ったんですか？』

『それだがな、どうやらそいつは、パーティに参加する金持ちどもに、美人を揃えろ、それも育ちのいい貴族令嬢を用意しろと言われて、てんてこまいらしい。貴族社会では悪い噂《うわさ》が広がっているから、普通の貴族は相手にしない。パーティに集まるのは金でなんでも買えると思ってる成金連中だからな。娘を連れていけば娼婦《しょうふ》扱いされかねない。そんな奴《やつ》が、王都見学に来た世間知らずの可愛い女の子三人組を見たらどう思う？』

『……だまくらかして、パーティに参加させたくなるね』

『でも、私たちが来たことに気付くんですか？』

『仕込みは済ませてある。王都に用意した俺の目、今回の情報を掴《つか》んだ男も貴族でな。今回使った身分証の持ち主と親戚なんだ。だから、親戚の貴族令嬢が友達二人を連れて、お忍びで遊びに来ることをターゲットに伝えさせた。案の定、食いついたよ。あと十分ほどで約束の時間だ』

暗殺において、何より大事なのは仕込みだ。

殺すのは一瞬だが、その前にどれだけの準備をしているかが成否を決める。

俺はターゲットの情報を徹底的に調べ、あらゆる策を講じた。そう、いつものように。

◇

王都の東にある噴水は有名な観光名所であり、よく使われる。

王都に設置した俺の目には、ここで待つように言われている。

懐中時計を見ると、約束の時間。

そろそろか。

「おっ、ルー、もう来てたのか。そっちが友だちかい？」

ルーというのは女装した俺の名だ。金髪を刈り上げた爽やかな男が手を振って走ってくる。

こいつはロバートといい、子爵家の次男。

英雄に憧れている、俺の信者。……そして、彼の後ろにはターゲットがいる。

バカで世間知らずな貴族令嬢を騙《だま》し、パーティに参加させて、成金共の見世物にする男だ。

「お久しぶり、ロバート兄さん。悪いわね、お仕事で忙しいのに」

「可愛い従妹《いとこ》のためだ。そっちの二人が友達かい？」

「ええ、二人共ロバート兄さんに会いたいと言っていたわ。トルテとティルよ」

「はじめまして、トルテです。ルーからお話は伺ってます」

「私はティルよ。今日はよろしくね！　王都観光、ずっと楽しみだったんだ」

「三人共可愛いね。お兄ちゃん、張り切っちゃうよ！」

タルトはトルテ、ディアはティルと名乗っている。買った身分証にある名だ。

俺とロバートは、まるで十年来の知り合いのように仲良く話して盛り上がる。

どこからどうみても、仲のいい兄妹のよう。

こんな演技をしているのは、ロバートの後ろにいるターゲットにこちらを信用させるため。

（やはりロバートは使えるな。自然な演技、頭がよくこちらの意図を察してうまく会話を繋げてくれる）

さて、これだけ仲のいいところを見せれば十分。……仕掛けよう。

「あの、ロバート兄さん、そちらの方は知り合いなの？」

「ああ悪い、俺の友達でね。君たちを社交界に招いてくれる王子様だ。ルーはそういうの憧れてるって言ってただろ」

「社交界？　本当なの⁉」

成金どもの要望に応えるために貴族令嬢がほしいターゲット、その目に安堵《あんど》の色がある。

これでようやく成金共のリクエストに応えられると。

目の前にある餌にくらんで、俺たちを疑ってすらいない。

ターゲットが口を開く。

「それについては俺が話しましょう。俺は、グラン・フラントルード。伯爵家の当主です。あなた方を是非、俺の開催する社交界にお招きしたい」

この時点で、七割方目標は達成。

さてと、騙されている振りをしよう。

「若いのにすごい。はあ、王都の社交界なんて……きらきらしたシャンデリアが輝くダンスホール！　美しい音楽と優雅なダンス……あっ、ごめんなさい。その、私の領地、田舎で、きらきらしたのがなくて、そういうのに憧れていて」

「いえ、気になさらないで。そこまで喜んでくださるなら、俺も招く甲斐《かい》があるもの。ご要望のシャンデリアもダンスホールも、美しい音楽も、ダンスを嗜《たしな》む上流階級の人々もすべてパーティにはありますよ。思う存分楽しんでください」

「ありがとう！　ふふっ、ねっ、トルテ、ティル、言ったでしょ。やっぱり、お洒落《しゃれ》するべきだったでしょ⁉　王子様に見初めてもらったわ」

「俺はついているよ。こんなきれいなお嬢様方と出会えたのだから」

にこやかに微笑《ほほえ》む。

ターゲットの情報を改めて思い返す。

グラン・フラントルード伯爵。二十代半ばだが、彼の言う通り、すでにフラントルード伯爵家の当主。

彼はたまたま、俺が魔族と戦った日、あの場にいたからこそ証人役に選ばれた。

また、選ばれた理由はそれだけじゃない。彼が家を再興するためなら、なんでもする男だからだ。故に、黒幕は金を積めばどうとでもなると判断した。

フラントルード伯爵家は、先代当主が無能なせいで傾いていた。

美術品収集に傾倒し過度の浪費、そのくせ領地を切り売りして資金を工面するせいで収入がどんどん落ちていく。

そのままでは家が滅んでいただろう。

だから彼は父を殺し、自らが当主になり家を救うと決め……実行した。

その後は、父の集めた美術品を売ることで財政を立て直そうとしたが、そのほとんどが贋作《がんさく》と鑑定されて金にならず、借金の利子すら払えない有様。

そんな彼が目をつけたのは、フラントルード伯爵家の名を利用して、成金たちに取り入ること。

個人的には嫌いじゃない。

覚悟と実行力があり、やることは理に適《かな》っている。

彼のとった方法は薄汚い。しかし、それしか手がなかったのも理解できる。何より、フラントルード家を存続させられているし、借金も減っている。結果を見る限り、彼は正しい。

「トルテ、ティル、あなたたちもお礼を言いなさい。王都のパーティ、参加したいでしょ？」

「ありがとうございます」

「うわぁ、王都のパーティ、うれしいなぁ」

若干ティアのほうが棒だが、許容範囲内。

フラントルード伯爵は笑い、こちらを疑う様子はない。

彼の目の奥にあるのは、隠しきれないこちらを馬鹿にする色。

……『田舎の成り上がりが、騙されているとも知らずに』とでも思っているのだろう。

彼はどちらが騙されているかを知らない。

一番、騙しやすい相手は、こちらを騙していると思い込んでいる相手だ。見下しているがゆえに隙ができる。

そうして、俺はフラントルード伯爵と雑談をしつつ探りを入れていく。

そして、その中で新たに気付きがあった。

今の俺はフラントルード伯爵の好みであるらしい。

いやらしい目を集中的に向けている。まあ、そうなるようロバートから彼の好みを聞き出して、この姿を作り上げたのだから。

髪の色も、髪型も、服装も、口調も、仕草も、香りも、話題も彼好み。

貴族の位は高くても取り巻きより金がないことがコンプレックスであり、見栄を張っている。そういう彼が共感しやすい設定を匂わせることも忘れない。

こうして雑談をしながら、新たに得られた情報を元に微調整をし、より彼好みの女へと修正していく。

（話してみると、こいつがどういう男かよくわかる）

この男は、尊敬されたがっている。

まともな貴族たちからは、貴族の誇りを売る愚か者とバカにされ、成金どもからは金でいいように使われつつもごきげんを取るしかない。

どんな手を使ってでも滅びゆく家を立て直そうと血反吐《ちへど》にまみれながら努力しているのに、身内からも反感を買う始末。彼は誰からも認められず苦悩している。

そんな中、世間知らずの貴族令嬢が向ける羨望はさぞ心地好いだろう。お世辞一つで喜んでいる。

もっと煽《おだ》てれば、部屋に連れ込もうとするだろう。

密室で二人きりになれば、この男を完璧な操り人形にできる。

「では、お嬢様がた。こちらの馬車へ。俺の屋敷へ案内しましょう。そうだ、王都観光に来たのでしたね。少し遠回りをしましょう」

「あら、素敵。とっても気配りができるのね。王都の紳士ってみんなこうなの？　私の知っている男とは雰囲気がぜんぜん違うわ」

「ははは、みんながこうというわけではありませんが、少なくとも俺は女性への気配りを欠かしたことがありません」

さらに上機嫌になった。

なるほど、ただ褒めるのではなく、周囲より優れていると言われるほうが嬉《うれ》しいのか。

コンプレックスの裏返しだろう。いくらでもこいつの喜ぶ言葉は吐き出せる。

成金たちとは気品が違う、肩書きだけじゃない本当の貴族、などなど。

普段、こいつが煮え湯を呑《の》まされている連中を引き合いに出して褒め続けよう。

「フラントルード様、パーティでは一緒に踊ってくださらない？　あなたと踊りたいの」

「積極的なお嬢さんだね。いいですよ、俺で良ければ」

馬車に乗る際、彼は俺だけに手を差し出しエスコートし、他の二人は部下に任せた。

第一段階は成功。

初対面で好印象を与えつつ、タルトとディアには手を出させない。

全員が乗り込み、馬車が走り出す。

この状況は面白いな。双方が相手を騙していると考えている嘘《うそ》つき同士だ。

騙し合いの決着がつくのはそう遠くない。

半日もするころには、誰が一番嘘つきなのか明白になるだろう。

Episode8

第八話　暗殺者は踊る

The world's best assassin, to reincarnate in a different world aristocrat

フラントルード伯爵の王都観光案内はとても良かった。

王都の良さを知り尽くしているし、トークがうまく、気配り上手。立ち振る舞いは洒落ている。

実に貴族らしい貴族だ。

女性にモテるタイプ。ただ、問題は根底に選民意識が見え隠れしているところ。

よくいる貴族至上主義者。

貴族社会での悪評で貴族の女たちは近づいて来ず、彼はプライドから一般の女には手を出さない。

だからこそ、孤独になり、褒められることに飢えていた。

非常にやりやすい。

心の隙間に入り込み放題だ。

「ルー、王都は気に入りましたか？」

「とても良いところね。いつか住んでみたいわ」

「なら、俺のところに来ますか？」

「ふふっ、お上手ね」

躱《かわ》しているような言葉を放ちながらも、頬《ほお》を染め、憧れの目線を向ける。

こういう仕草が、この男の琴線に触れると理解しているからだ。

そして、そっと手と手を合わせて見つめ合う。

「ルーは素敵な女性だ。ジョークのつもりだったのに本気になってしまいそうです」

「まあ、やっぱり本気じゃなかったのね。フラントルード伯爵ったらひどいわ」

俺たちは照れながら笑いあう。

初々しい少女漫画のような空気が流れている。

視線を感じてそちらを向くと、タルトとディアの目が冷たかった。

……別に俺だって好きでやっているわけじゃないので、そんな目を向けられても困る。

そうして、そのまま馬車はフラントルード伯爵の屋敷に向かった。

◇

フラントルード伯爵の屋敷について驚いた。

さすが、元名門。

王都にこれほどの屋敷を用意できる貴族などそうそういない。

金をかけている家はいくらでもあるが、ここには歴史と伝統の重みがある。

フラントルード伯爵家に残された最後の財産。もし、フラントルード伯爵が父を殺し、ありとあらゆる手を使い立て直しを図らなければ、この屋敷はとっくに人手に渡っていただろう。

屋敷を褒めちぎる。

屋敷は彼のフラントルードとしての誇り、ここを褒めるのは彼を褒めるのに等しい。

「この屋敷は、フラントルード伯爵家の歴史そのものなんです。俺はどんなことをしてでも守る。……誰に後ろ指をさされようとも」

よほど俺の接待で浮かれていたのか、本音が漏れた。

俺を陥れるための偽証言も、この屋敷を守るために行うつもりなのだろう。

「どんなことをしてでもって物騒ね。どういう意味なの？」

「ははっ、つまらない話です。それより、もうすぐパーティが始まります。部屋を貸しますので、それまで休憩をしておいてください」

「お言葉に甘えるわ。また、パーティで」

俺は微笑み、そして貸し与えられた部屋に移動した。

◇

部屋に入るなり、まずは部屋の中をチェック。

外から声を拾える仕組みなどがないかを念入りに確認した。

壁を叩《たた》き、厚さを把握し、音が漏れないことを確認してから、タルトとディアに、素で話していいと許可を出す。

「ドン引きだったよ。あんなふうに男を簡単に手玉にとるって。女として自信なくしちゃいそう」

「あんなふうにされたら誰だって惚《ほ》れちゃいます」

「……仕事でやっているだけだからな」

別に、彼女たちはそう口にしていないが、目には疑いがあったのでそう言っておく。

「わかってるよ。でもね、ちょっと怖くなったよ。あんな簡単に男の人手玉にとれるってことは、私たちだって……」

言いかけて止めた言葉の先、それは『演技で好きにさせることができた』。

たしかに俺は女性を落とす技術も持っている。女装をして男を落とすことよりよほど容易《たやす》い。

「タルトとディアの前では演技はしていないよ。二人とはずっと一緒にいたい。演技や技術で好かれても意味がない。疲れるし、長くは続かないんだよ。素の自分をさらけ出しても、お互いが好きでいられるから意味がある。俺たちはそんな関係だろ？」

その場限りだけでいいなら、今以上にタルトやディアが好きになってくれる自分を演じられる。

だけど、そうやって取り繕わないといけない関係は偽物で、いつか必ず破綻する。

「あはは、そうなんだ。うん、良かった。私、今のルーグが大好きだよ」

「私もです。えへへ、ずっと一緒にいたいから飾らないって素敵です」

「二人共ありがとな」

「いきなりお礼なんて、どうしたの？」

「いや、特に理由はない、言いたくなっただけだ」

「変なルーグ様」

この感謝はそのままの俺を好きになってくれたことに対するもの。

……照れくさいから、説明をする気はないが。

「さあ、パーティが始まる。二人共こっちに来てくれ、メイクを直す」

「任せるね。……あのさ、今度お化粧を教えて」

「私も教えてほしいです。だって、私達どころか、ルーグ様はお義母様よりお化粧がうまいです」

「ああ、いいよ。変装にも使える技術だ」

「やった。ふふふっ、ルーグのほうが美人っていうのは悔しいもんね！」

　そういう理由か。

　俺からすれば、俺の女装よりディアのほうがよっぽど美人に見えるのだが。

「くんくん。さっきから気になってたんだけど、ルーグから甘い匂いがするね。これってオルナの新作香水？　あんまり好きじゃないかも」

「私も気になってました。どこかで嗅いだ匂いがします。ディア様の言う通り、甘い匂いですが、魅力的とは思いません。オルナの香水はどれも素敵なのに、どうしてこれにしたんですか？」

　二人とも酷評するが、それも当然だ。

　これは女性相手では意味がなく、男性相手には凄《すさ》まじい効果を発揮する類のものだから。

「もちろん、もっとも効果的な品だからだ。タルトが【獣化】すると副作用で、男を引き寄せるフェロモンを垂れ流すだろう。あれを採取して、作り上げたものなんだ。女性を不快にさせてしまうが、男性が嗅ぐと欲情する」

【獣化】したタルトのフェロモンは、精神を完全にコントロールできる暗殺者ですら、おかしくしてしまうほど強烈。

媚薬《びやく》や惚れ薬の類はいろいろとあるが、これほど強力なものはない。

だからこそ、もしものときのために原材料を確保しておいた。

「やっぱり、ルーグってば本気すぎるよ！　そこまでして男を落とすつもりなんて！」

「はっ、恥ずかしいです。ルーグ様が私の匂いをつけているなんて、ううう、ひどいです。ルーグ様ぁ」

二人の態度は正反対だが、どちらも俺を責めている。

しまったな、ネタバラシはするべきじゃなかったか。

「とにかく、パーティの時間だ。移動しよう」

俺は苦笑をしながら、強引に会話を打ち切って、会場に向かった。

◇

数時間前から始まったパーティも佳境に入っている。

【超回復】を持っているにも拘わらず、かなり疲労していた。

客層が悪すぎる。

見事に成金ばかりで、金で何もかも買えると思い、それを隠そうともしない連中ばかり。

むろん、成金だから品性が下劣というわけじゃない。

ただたんに、こういうパーティに出る、金で誇りやら品格やらを買えると思っている連中に問題があるだけだ。

そして、馬鹿相手だからかパーティも手抜きで、偽物で、安物だ。

例えば、BGMを流すオーケストラは二流。並べられている料理は高級食材……の偽物が使われている。高価なカスピアの卵に見せかけて、深海魚のマロルゥの卵が使われているのは序の口。ワインなんて瓶だけがビンテージで中身はそこらの安酒。一見、高級なものが揃《そろ》っている様に見えて、ハリボテだらけだ。

「ううう、こんなにひどいパーティ初めてだよ」

「あはは、ちょっと、その、アレですね」

ディアとタルトはげっそりして、限界が近い。

無遠慮にゲスな視線を向けられていたし、セクハラ発言を浴びせられ、ひどいやつになると金を払うから抱かせろなどとまで言ってきた。

彼女たちを休ませるために、ホールの隅に退避する。

そして、ホールの様子を眺めていると、成金どもの相手をしていたフラントルード伯爵と目があい、こちらに向かってくる。

「ルー、待たせたね。約束通り、俺と踊ってくれないか？」

「ええ、喜んで」

ディアたちに目線で、ここで待っているように伝え、俺はその手を取り、二人を残してホールの中央に移動する。

「申し訳ございません。まさか、彼らがここまで暴走するとは。ルーにもご友人たちにも不快な思いをさせてしまった」

「フラントルード伯爵が気にすることはないわ。悪いのはあの人達だもの。でも、あなたはあの人たちと違って紳士のようね。あなたとのダンスは心まで躍るわ」

「そう言ってもらえると気が楽になります。……まったく成金の豚どもは度し難い。そいつらを利用しないといけない自分も……ははっ、すみません。なぜか、ルー相手だと本音と弱音が漏れてしまいます。こんなこと誰にも話したことがなかったのに」

フラントルード伯爵はプライドが高く、弱みを人に見せることができない。だが、同時にどうしようもなく誰かに弱音を聞いて欲しかった。

だから、目の前にすべてを受け入れてくれる人間が現れれば、簡単に本心すら打ち明ける。

男を誘う香水、俺の話術、彼の好みを反映させた外見、声音、自身を魅力的に見せる立ち振る舞い、さきほど酒に仕込んだ薬、その全てが彼の心の鎧《よろい》を砕いていた。

「強い人なのね」

「……俺が強い人ですか。そういうふうに言ってくれる人は初めてだ」

「私は本心を伝えただけよ。あなたからは強い意志を感じる。そういう人、嫌いじゃないの。たぶん、あなたがやっていることはきっと悪いことなのね。……でも、大事なものを守るために、手を汚すのはすごく難しくて、尊いことだと思うの」

「泣いてしまいそうだ。誰かに俺は間違ってないと言ってもらいたかったのかもしれない」

彼は微笑《ほほえ》む。

それからもダンスは続く。

曲が終わって手を離すと、彼は名残惜しそうに俺の手を見つめ、何かを言いかける。

そこに、豚……もとい、成金の一人が走ってくる。

その豚はフラントルード伯爵を突き飛ばし、強引に俺の手を握り、手を撫《な》でてくる。

「次はわしと踊れ！　気が利かないおまえにしてはいい女を呼んだじゃないか。すべすべだぁ、これが貴族の手、やはり、庶民のとは違うのう。高い金を払った甲斐《かい》があったというものだ」

……少々鳥肌が出た。

貴族というものは、特別扱いされている。

実際、魔力を持っており、その能力は普通の人間を超えていた。

また、容姿も優れているものが多い。一説には無意識下の願望、強くなりたい、美しくなりたい、そういうものが魔力によって叶《かな》えられているのではないか？　と言われている。

そして、一部の金持ちは、そういう特別な存在を思い通りにすることで悦に入る。

魔力持ちの貴族を金の力で支配できる自分は、さらに特別な存在だと思えるからだ。

貴族令嬢をパーティに呼べと成金どもが騒いだのはそれが目的。

「シャルトリュー殿、彼女が困惑しています。もう少し紳士的に」

「わしに意見する気か？　フラントルード伯爵」

嫌がっている俺の様子を見て、止めようとしたフラントルード伯爵が黙る。

なるほど、太客の一人というわけか。

さてと、じゃあここで一芝居打つとしようか。

こんな気持ち悪い思いをさせられた分、元は取らねば。

まずは、フラントルード伯爵を見る、怯《おび》えつつ、助けを求める形で、すると彼はすがるように俺を見た。

その表情が語っている。どうかこの男と踊ってくれと。

そして、俺は一瞬、絶望した表情を浮かべ、それから決意を込めて頷《うなず》く。

一連の芝居は、『辛《つら》いけど、あなたのためなら頑張ります』という、恋する乙女の自己犠牲を演出するもの。

「でっ、では一曲、お願いするわ。おじさま」

「声も可愛《かわい》いのう、手とり、腰取り、教えてやるわ」

そうして、地獄のようなダンスを踊らされた。

顔が近い上、べたべたべた、尻を触ってくる。

……ここまで不快なダンスはルーグとしては初めてだ。前世はもっと悲惨な経験があるが、これだけ辛く感じるのは、今の俺が道具ではなく人間になってしまったからだろう。

人間らしくなったことにも弊害はあるらしい。

◇

なんとか、パーティが終わった。

人生最悪のパーティだった。

あの成金野郎はダンスが終わったあとは愛人になれと迫ってきた。

あまりにしつこく断るのに苦労させられた。

それだけなら我慢もしよう。だが、奴《やつ》はディアとタルトにも汚い視線と言葉を向けた。

許すわけにはいかない。報いを受けさせる。

彼は知らない、俺が彼を知っていることに。やつはオルナの取引先である商会の主。潰れかけの商会だったにも拘わらず、たまたまオルナの恩恵に与《あずか》って急成長していた。収入のほとんどをオルナに依存している。

その気になれば俺はいつでも彼を破産させられるし、そうすることによってオルナがダメージを受けることもない。代わりはいくらでもいる。

パーティが終わったあと、タルトとディアはフラントルード伯爵に借りた部屋へと向かわせた。

俺だけはフラントルード伯爵に誘われてベランダに出て、二人きりでグラスを傾けて乾杯する。

「さっきはすみませんでした。俺のために、あんな奴と踊らせてしまって」

第一声は謝罪。

彼は完全に俺に惚《ほ》れていた。

最後のあれが決め手だったようだ。

「いえ、断らなかったのは私の意思よ。あなたが困るのが嫌だったから」

フラントルード伯爵の目が潤む。

「……俺は、絶対にここから抜け出す。もう少しなんだ、もう少しすれば、あんな奴らと縁がきれる。君にだけは話す。フラントルード伯爵家は破産寸前なんです。ああいう奴らを利用して金を集めないといけなかった。でも、もうすぐ、まとまった金が手に入る。無能な父が作った借金がようやく消える。そしたら、もう二度とあんな奴らに自由にさせない」

フラントルード伯爵の目に熱が篭《こ》もっている。

彼は酔っている。

酒に。

ルーという俺が作り出した理想の女性に。

タルトのフェロモンを利用した香水に。

酒に混ぜられた薬に。

新たに芽生えた恋に。

……なにより自分自身に。

「だから、俺と一緒になってください！　俺にはルーが必要だ。君だけなんだ、ルーだけが俺を理解してくれた。俺のために身を擲《なげう》ってくれたんだ。そんなルーと一緒になりたい」

「いきなり、そんなことを言われても困るわ」

「俺もどうかしていると思います。でも、どうしてもルーがほしい。金が手に入れば、俺はルーを守れるように、幸せにしてやれるようになる！」

「……その、一晩考えさせて、どうしてもちゃんと考えたいの」

「では、明日の朝に返事を聞かせてもらえるか？　明日の朝、君の部屋にうかがう」

「ええ、それまでに答えを出すと約束するわ。ただ、一つだけ言っておきたいことがあるの」

俺はそこで言葉をきり、頰《ほお》にキスをする。

呆《ほう》けた顔で、フラントルード伯爵はキスされた頰を手で押さえる。

「私はあなたのことが好きよ。一目惚《ひとめぼ》れだったの。こんなかっこいい人他にいないって思っているわ。ただ、やっぱり、私たちは貴族で感情だけじゃ恋はできない」

そう言って、走って立ち去る。

これで奴は俺のことが忘れられなくなる。

こういうふうに、多少障害を用意したほうが、恋と独占欲は膨れ上がる。

あいつはルーに心を囚《とら》われた。

これでもうルーの出番は終了だ。

なにせ、明日の朝、奴が部屋に行けばルーはおらず、ルーグ・トウアハーデがいて、ルーの命を交渉材料に説得してくるのだから。

愛《いと》しいルーの命と引き替えにならら、黒幕だって簡単に裏切るだろう。

さて、部屋に戻って最後の仕上げだ。

黒幕を破滅させる手を作り上げる。ここまで面倒で不快なことをさせられたツケを盛大に払ってもらおう。

Episode9

第九話――暗殺者は説得する

フラントルード伯爵の心を計画通り射止めた。

前世の俺であれば、なんの感慨もなく淡々とやれたのだろうが、かなり苦痛だった。

お互いのために成功して良かった。

色仕掛けなんてものが確実に成功すると思うほど楽観的ではなく、バックアッププランは用意してあり、色仕掛けと比べ数段悪辣なものだ。

そして、今は拝借した部屋で彼を待っている。

もはや、ルーという貴族令嬢の仮面は脱ぎさってルーグ・トウアハーデとしてだ。

扉が勢いよく開かれる。品のいい貴族にはあるまじき行儀悪さ。

よほど、ルーの返事が楽しみだったのだろう。

「ルーの答えを聞かせてくれないか！」

上気した顔で、希望に満ちた問いをしてくる。

その手には美しい花束があった。

The world's best assassin, to reincarnate in a different world aristocrat

「悪いな、おまえの恋した女はここにはいない」

冷たく、現実を告げる。

「どうやって俺の屋敷に入り込んだ⁉」

「騒がないほうがいい……騒げば、彼女の命はない」

呆然《ぼうぜん》とするフラントルード伯爵の背後に回り、扉を閉め、彼の背中を押すと、よろめき、そして俺が用意した椅子に足を引っ掛けて、座り込む。

「いったい、君は誰だ⁉」

「誰だとは心外だな。おまえが嵌《は》めようとしている相手だ」

奴は絶句し、視線を逸《そ》らす。

「なぜ？」

「なぜとは？　なぜ、王都での企《たくら》みに俺が気づいたかを言っているのか？　なぜ、遠い辺境のトウアハーデにいるはずの俺がここにいるのかを言っているのか？　なぜ、偽の証言をするのがおまえと突き止められたか？　いや、もしかしたら、なぜ、ルーという少女とおまえが恋仲になりつつあることを知っているのかを聞いているのか？」

交渉を有利に進めるために、相手にこちらはなんでも知っていると思わせる。

実際、だいたいのことは知っているのだが。

フラントルード伯爵の顔は蒼白《そうはく》だ。

「話し合いをしようか。できれば紳士的にいきたいと思っている。だがな……、今回のことはさすがに頭に来ているんだ。フラントルード伯爵の態度次第じゃ、自分が何をしでかすかわからない」

そう言いつつ、首飾りを投げる。

昨日、ルーとしての俺が身につけていたもの、強く印象に残すために母の形見と話しておいた。

「そっ、それは、ルーの」

「ああ、交渉材料に使えると思ってさらっておいた」

「ふざけるな！　彼女はこの件に関係ない！」

「関係なくはないさ、おまえの恋人なんだからな。……愚かな恋人のせいで、命を危険に晒《さら》すとはね。まったくかわいそうな子だ。同情するよ」

「俺と彼女は恋人じゃない！」

「……嘘《うそ》を吐くな。部下がさらうときに、おまえの名前を叫んだそうだ。第一、動揺を隠しきれていない」

「かっ、彼女のために意志を曲げることはない。俺はフラントルード家のために、父すら殺したんだ。恋した女の一人や二人ぐらい、切り捨てて見せます」

頭は悪くないらしい。

人質を取られた際に、もっとも有効なのは人質には価値がないと思わせること。

価値がある限り、相手は利用しようとするのだから。

ただ、どうしようもなく演技が下手だ。こういう修羅場の経験はないのだろう。

反面、俺はこういうのを相手にしてきた経験がそれなりにある。

〝説得〟は容易《たやす》い。

「なるほど、では今日は引き上げるとしよう。明日は、彼女の指でも土産にもってこようか。そうだ、彼女の無事を知りたいだろう。切り落とした指から滴る血で手紙を書かせてやろうか？　指がなくなるまで毎日届けてやる」

耳元まで顔を近づけ囁く。

本物の殺意を乗せて。

いくら強がろうと、彼の日常は死と離れすぎている。

初めて触れた冷たい世界と本物の暗殺者が放つ殺意。

それは、彼の虚勢を剝《は》がすには十分。

「まっ、待ってくれ。ルーは無事なんだね？」

「ああ、おまえが変なことをしない限りは丁重に扱うと約束しよう」

「何が目的なんですか？　俺にいったい、何をやらせようとしてる」

「ほう、ちゃんとわかっているようだな」

拍手をしてやりたい。

恐怖で歯をガタガタと鳴らしながら、それでも思考は止めていない。

俺がこいつを殺さずに交渉なんてものをしている時点で、目的は報復じゃないことにきちんと気付いている。

ここで襲いかかってこないのも、人を呼ばないのも正解。勇者並みの化け物を取り押さえることが不可能なのもわかっている。

「裁判で証言をする際、俺の用意した脚本を読むこと。それができたら、女は返してやる」

無造作に、手紙を投げる。

そこに書かれているものを見て、彼は脂汗をだらだらと流す。

「俺にカロナライ侯爵を裏切れと。できないっ、彼は俺の恩人だ」

「……恩人ねぇ」

そこに書かれている内容は、カロナライ侯爵に脅しを受け、金を握らされ、偽の証言をさせられたことを告げるもの。

今回の黒幕はカロナライ侯爵であり、彼が俺に罪を着せようとしたのだ。

「こんな発言をしたら、俺は破滅だ。カロナライ侯爵に報復される……絶対、彼は俺を許さない」

「ああ、それは大丈夫だ。俺の代わりにカロナライ侯爵が檻《おり》の中に入るのだから」

別の資料を投げる。

そこには、実際に被害者が殺された場所についての情報と証拠、カロナライ侯爵が取り巻きの貴族を使って死体の運搬を指示した痕跡。

……実は一部の真実と大部分の脚色でできた偽物だ。おおよそ間違っていないとはいえ、まだまだ必要な情報が足りていない。

それでも、恐怖と緊張で視野が狭くなっている男を騙すには十分。

今はこれでいい。

この瞬間も国中の諜報員《ちょうほういん》たちが、この資料を完璧にするために動いている。裁判までにクオリティは上がる。

とはいえ、資料が完璧になってもカロナライ侯爵を追い詰めるには一歩だけ足りない。

この男が必要なのは、その一歩を埋めるため。

「そんな、なんで、ここまで、ありえない、だって、この計画が動いてから、たった、数日で。どうやったら、これだけの情報と証拠を集めて俺のところまでこられるんだ。計算が合わない！」

「知らないのか？【聖騎士】は女神によって選ばれた。枕元で女神が教えてくれたよ。世界の救済を邪魔するものが現れたとね。そして目が覚めたら王都にいた」

笑ってしまいそうなほどチープな嘘。

しかし、圧倒的な情報伝達速度と移動速度、二つのありえないことが神の御業《みわざ》としか思えなくした。

加えて、俺は以前から【魔族殺し】の術式を世界中に広める際に、女神の神託という言葉を便利に利用している。

貴族であれば、【聖騎士】ルーグ・トウアハーデが女神の声を聞けるというのは、よく知られた話。

「女神が言っていたよ。世界を救う邪魔をするものたちは、今後一切の祝福が訪れない。……おまえの人生は終わったんじゃないか？」

「俺は、俺は、そんなつもりじゃ。世界の救済を邪魔するつもりなんて、女神に見放されるなんて思ってなくて、そんな……」

「おまえがどんなつもりだったかは関係ない、事実として、女神に選ばれ、世界を救う俺の邪魔をした」

奴《やつ》が椅子からずり落ちた。

さて、これぐらいで鞭《むち》は十分か。

説得の基本は飴《あめ》と鞭。

鞭でさんざん叩いたあとは、飴をやらねば。

「だが、救われる方法が一つだけある。俺の言う通りに証言をするんだ。まだ、取り返しがつく。むしろ、俺に協力すれば、世界を救う手助けをしたことになる。女神様も喜んでくれる。今後の人生、女神に祝福してもらえるかもしれない」

「俺が世界を救う手助けを？　でも、俺には金が、金が必要なんだ。カロナライ侯爵が捕まれば、俺の商売は」

「金ならここにある。協力するならくれてやる」

俺は【鶴皮の袋】から金貨がぎっしり詰まった袋を取り出し、彼に握らせる。

この国ではすでに紙幣が使われ始めたが、他国とのやり取りでは未《いま》だに金貨が現役だし、国内でもまだまだ使える。

紙幣ではなく金貨を使うのは、彼の心を支配するため。金貨の重みと音と輝きが人の心を狂わせる。紙だとこうはいかない。

彼は目の色を変えて、金貨袋を開いて、中身を確認する。

それなりにでかい出費だが、通信網が完成した今、金なんてものはいくらでも稼げる。

「すごい、なんて量」

「ケチなカロナライ侯爵が約束した金の三倍だ。それで、おまえの父親が作った借金はチャラだ。もう、あんな成金共に従う必要はない」

黒幕であるカロナライ侯爵は様々なミスをした。

計画を早めるために杜撰《ずさん》なことばかりしているからこそ、やらかした痕跡がそこかしこに残っている。

何より、買収のために必要な金をケチった。

もっとも重要な証人の買収で、たかだか金貨千枚しか出さないせこさと器の小ささが奴の首を絞める。

「あっ、あああ、あああ」

鞭の後の飴はさぞかし効いたようだ。

もう、あとひと押ししたら、完全に彼の心は折れる。

交渉の基本は飴と鞭ではあるのだが、一流はここに隠し味を足す。

「その金で自由を手に入れろ。次はおまえを騙《だま》して搾取したカロナライ侯爵に一泡吹かせてやろうじゃないか」

「あの人が俺を騙した？　なんのことだ」

「まさか、気付いてないのか？」

やれやれと肩を竦《すく》めて見せる。

「カロナライ侯爵に美術品を買い取ってもらったことと成金どもを紹介してもらったことを感謝しているようだな」

「そっ、そのとおりだ。あのとき美術品を買ってもらわなければ……成金どもを紹介してもらわなければ、とっくにフラントルード伯爵家は終わっていた」

演技ではなく、こいつは本気でカロナライ侯爵を恩人だと思っているらしい。

これは傑作だ。

「……お人好《ひとよ》しにもほどがあるな。おまえの父親が集めた美術品には偽物もあった。だがな、九割は本物だったよ。残り一割も本物に迫る贋作《がんさく》で価値がある」

「うそだ！　鑑定士を呼んで確かめたんだ」

「その鑑定士がカロナライ侯爵とグルだ。面白いものを見せてやろう。おまえがカロナライ侯爵に売った美術品の売り先をリストにした。たとえば、ガラティアの首飾りはドライラ男爵家にある。フラットーラの壺《つぼ》はマルイーダ子爵の許に、ファラン・フル作の風景画は豪商バロールの許へ、全部、カロナライ侯爵が高値で売った。俺の言葉が信じられないなら、自分の目で確かめるといい。リストの中に知り合いが一人や二人はいるだろう。屋敷に訪れて、見せてもらうといい。気分よく、宝自慢して、高価だったと鼻息を荒くするぞ」

「そんな、まさか、そんなこと」

「おまえの父親は愚かではあったが、物を見る目は確かだった。買い集めるのに使った値段以上の価値があったんだ。それを適正な値段で売っていれば借金どころか金持ちだ」

美術品を心の底から愛していた。ならばこそ、彼の父は超一級の美術品のみを集めていた。領主としては三流だが、美術品収集家としては一流だ。一割贋作を掴まされていることとすら、彼の評価を下げることには繋がらない。なぜなら、本物以上に出来がいいものばかり。彼は知識ではなく心と眼《め》で美しいものを選んでいた。

「あと、おまえが紹介してもらった成金どもだが、奴らからカロナライ侯爵は仲介料を受け取っている。カロナライ侯爵はうまいことをするな。フラントルード家には誇りを売らせて、自分は何も失うことなく金を稼いでいる。ようするに食い物にされていたんだ。これを許せるか？」

調べてみて、笑いが込み上げてきた。

ここまで見事に騙して搾取しているケースなんてそうそう見られない。

フラントルード伯爵は、頭はいいのだが世間知らずな上、父が愚かだと思い込み過ぎた。そこを簡単につけ込まれていた。

「……俺は、俺は、なんてことを……許せない、許せない！」

「なら、報いを受けさせろ。真犯人がカロナライ侯爵だという証拠はここにある。あとは証言一つで、カロナライ侯爵は破滅だ。そして、裁判が終われば、この金で生まれ変わればいい、帰ってきたルーと共にな」

「恨みを晴らし、金とルーが俺のもの、あっ、ああ、なんて、なんて」

「きっと、世界を救う助けをしたおまえとルーには女神の祝福が降り注ぐだろうな」

「女神様が、許してくださる。女神様に祝福されて、ルーと幸せに」

ごくりと生唾を飲む音が聞こえて、フラントルード伯爵が金貨袋を抱きしめる。

彼は恐怖から解き放たれ、その目には最高の未来しか映っていない。

交渉の基本は飴と鞭、……そこに俺が追加した要素は復讐心《ふくしゅうしん》。

もはや、フラントルード伯爵は俺の操り人形。思い通りに踊ってくれる。

これで、王都での仕事は終わった。

さっさとトウアハーデに戻ろう。

そして、世界中の目と足を使い、カロナライ侯爵を追い詰め、裁判の日、何食わぬ顔で、俺を嵌《は》めようとしている奴を嵌めてやるのだ。

牢獄《ろうごく》の中で俺に手を出したことを一生後悔させてやろう。

Episode10

第十話　暗殺者は連行される

The world's best assassin, to reincarnate in a different world aristocrat

仕事を終えたので王都からトウアハーデに戻ってきていた。

戻ってからも通信網を使い情報と証拠を集め続けている。

そして、昨日になってようやくカロナライ侯爵こそが真犯人だという資料が完璧に仕上がった。

「なんとか間に合ったな」

やはり、リアルタイムの通信網は反則だ。

世界中から情報を集める場合、普通なら指示を現地の諜報員に伝えるだけで数日かかり、その調査結果を届けてもらうのにさらに数日。

しかも、新情報が判明すれば、新たに調べる対象が増えて、追加指示に数日と、とんでもなく日数がかかる。

情報伝達が一瞬で行えるからこそ、この超短期間でこれだけの資料を作れた。

情報を支配するものが世界を制覇する。

誇張抜きで、この通信網を本気で活用すれば世界すら取れる。

「遊びにきたよ！」

自室の扉が開き、ディアが入ってくる。

ノックをしないのは礼儀知らずというわけでなく、入られたくないときは鍵をしており、鍵が開いているなら自由に入っていいという二人の取り決めがあるからだ。

「……その顔、また新しい魔法を作ったようだな」

ディアの場合、いい魔法ができるとすぐ顔にでる。

「うん、そうだよ。今回のはすごいんだから。ほら、早く書いてよ。ルーグが書かないと実験できないの」

ディアが得意げに新たな魔法について話す。

最近、俺のほうはいろいろと忙しく、魔法開発まで手が回っていない。

新魔法はディア頼みになっていた。

ディアには、前世の技術で魔法に流用できそうなものをいろいろと教えてあり、それを見事に魔法へと昇華させてくれる。ときには俺にはない発想まで加えてだ。

ディアがいたからこそ生まれた魔法が数多く存在している。

「たしかに、面白いな」

「ルーグの通信機とかハンググライダーを見て気付いたんだ。何も魔法って、戦いにだけ使うものじゃないって。この魔法があったら便利でしょ？」

「ああ、とてもいい」

ディアの天才性を改めて見せつけられる。

この術式の組み合わせは想像すらしていなかった。

そして、この術式……これから王都で裁判を受ける俺のために作ったものだ。そのことを口にしないのは照れ隠しだろう。

「ごほんっ、えっと、裁判対策は順調なのかな？　負けちゃうとルーグが犯罪者になっちゃうんでしょ。そんなの絶対イヤだよ」

「見えている部分では完璧だ。あとは、こちらが想定していないカードを相手がどれだけ持っているか次第」

「厳しい戦いになりそう？」

「なんとかなりそうではある。どんな手札を用意しておいても、敵の主張、その根本を潰せているしな」

「そっか、良かった。でも、ちょっと歯がゆいよ。こういうときは私じゃ力になれないし、この前の王都でだって、あんまり役に立てなかったし」

申し訳なさそうにしているディアを見て、俺は首を横に振る。

「そうでもないな、通信機を作るのに使った術式はディアが見つけてくれた規則性《ルール》があったからこそ作れたんだ。王都でだって大活躍だったじゃないか」

「私、何かした記憶がないよ」

「三人も貴族令嬢を連れ込めると考えたから、奴《やつ》が飛びついてきた。二人が俺の引き立て役を見事にこなした」

「そこ、もっと詳しく！」

「わざと、ディアとタルトの魅力を殺すようなメイクとドレスだっただろ？　しかも奴の趣味から外した。それは二人を守るためであったし、三人で並ぶと俺の美しさが際立つように計算していたんだ。それだけじゃない、俺は常に二人を気遣い、守る仕草をしていた。そういうことをする女が、あの男の好みでポイントを稼げた。人の魅力なんて感性的で相対的なもの。引き立て役をうまく使うのは基本だな」

　色仕掛けをする際に使う技の一つ。

　あえて、ターゲットの好みとは外れ、さらに自らよりランクを落とした女性を隣に配置することで、コントラストを生み出し、魅力を際立たせる。

「それ、喜んでいいのか、悔しがらないといけないのか悩んじゃうよ！　とにかく、これからも遠慮なく私たちを頼ってよ。ルーグってほっとくとすぐに全部一人でやろうとするもん」

「そうか？　これでもずいぶん甘えているつもりなんだがな」

「もっともっと甘えていいんだよ。私はルーグのお姉ちゃんなんだから」

「今は妹だけどな」

「むう〜」

頰《ほお》を膨らますディアが可愛くて苦笑する。

俺がどれだけディアに助けられているか、ディアは理解していない。

「さて、お出迎えが来たらしい。留守番を頼む」

窓の外を見ると、漆黒に塗装された馬車が屋敷の前に止まっていた。

あの馬車を使うのは特殊な役人だけ。

つまりは、罪の容疑がかけられたものを輸送する役割を持ったもの。

「がんばってきてね」

王都には一人で行く。

俺は連行されるのだから付き添いは許されない。

それに、あちらにつけばディアやタルトにやれることはほとんどないのだ。

俺が役人を出迎えるために立ち上がろうとすると、部屋に影が飛び込んできた。

息を切らせたタルトだ。

「あの、ルーグ様、差し入れです！」

大きなバスケットを差し出してくる。

バスケットの中からは甘い匂いが漂ってくる。

「日持ちする甘いパンです！　向こうじゃまともなご飯、もらえないかもって思って、焼いたんです。どうか、ご無事で」

中を開くと、アルコールに漬け込んだフルーツとナッツをたっぷりと練り込んで焼き上げた保存用のパン。

昔、タルトとサバイバル演習をする際に保存食として作らせたものだ。

あのレシピ、まだ覚えていてくれたのか。

サバイバルのときに作ったパンを用意したのは生き残ってほしいという願掛けかもしれない。

「ありがたく頂くよ」

失念していたが、こういうものは必要だ。

俺は容疑者として連行される身。

一応、疑いの段階なので普通ならそこまでひどい扱いはされない。

しかし、今回は普通ではない。俺を貶《おとし》めようとする立場の人間なら、こちらの判断力を奪うために役人を買収して嫌がらせをしてくるかもしれない。

痛めつけ、飯を与えず、気力を奪う。そうすることで裁判前に、まともに弁論できないよう追い込むというのは定石。

ありがたく【鶴皮の袋】に裁判用の資料と合わせてバスケットごと収納し、その【鶴皮の袋】を折りたたんで、オリジナル魔法で生み出したビニールのようなものに入れてから、飲み込む。

【鶴皮の袋】は折りたたむと手の平サイズにまで小さくなるからこそ可能な芸当だ。

「あのさ、ルーグ、その袋ってすごい大事なものだよね、飲んじゃって大丈夫なの!?」

「大事なものだからこうしているんだ。ちょっとした訓練をすれば胃の中に保管できるし、いつでも取り出せる。相手が俺をいたぶるつもりなら、持ち物は没収するだろうから隠さないと」

「うそでしょ、びっくり人間だよ!?」

他にも直腸などにも隠しやすい。

わりとポピュラーな技術で、スパイはケツに通信機を隠すし、ヤクザは麻薬を体内に隠して税関をパスする。

「ルーグ様ってすごいです……あっ、また失敗しちゃいました」

「どうかしたのか？」

「ルーグ様の場合、【鶴皮の袋】があるから、保存用じゃなくて、もっと柔らかいパンでも良かったのに」

あわわわっとタルトが慌てる。

たしかにタルトの焼いてくれたパンはシュトーレンに近く、長期保存のために水分が少なく硬いパンだ。

「大丈夫だ、これはこれで美味《おい》しい。ありがたく食べさせてもらう。……二人共、一週間ほどで戻ってくる。それまでに宿題を終わらせてないと怒るからな」

二人の心配を少しでも軽減させるために茶化《ちゃか》すように言う。

「うん、ばっちり完成させるよ！」

「私も会得して見せます！」

俺がいない間、何もさせないのはもったいない。

だから、とっておきの宿題を与えていた。

戻ってくる頃には、二人とも大きく成長しているだろう。

◇

役人によって、慌ただしく屋敷のドアが叩かれる。

いつもは使用人が出迎えるが、今回は俺が行く。

「どのようなご用件でしょう？」

「ルーグ・トウアハーデはいるか!?」

眼《め》の前の男は、中年であり、俺よりも少し背が低い。威圧的な物腰だが、どこか卑しさを感じる。

「俺がそうです」

「先日、手紙が届いただろう。マーレントット伯爵殺害の容疑で貴様を王都に連行する」

当然ながら、手紙などは届いていない。

俺を嵌《は》めるために、奴らは事故で届かないようにした。

俺はあえて何も知らない振りで動揺してみせる。

そんな手紙は受け取っていない、いったい何を言っているかわからない、何かの間違いだと、喚《わめ》いてみせた。

そんな演技をしながら相手の反応を見る。

もし、ただの役人であれば、不審に思い説明をするだろう。

しかし、もしこいつが買収されているのなら……。

「見苦しいぞ殺人犯が！　さっさと来い！」

腰の剣を引き抜き、脅し……その口には嘲りの笑みを浮かべた。

こいつは手紙は届くはずがないことを知っている。

「行きます。俺の無実を証明するために」

そう言った瞬間、殴りかかってくる。なるほど、貴族を連行するだけあって魔力持ちが選ばれていたようだ。

殴りかかってくるのは予想していたことだし、その一撃はあまりにも鈍く、インパクトの瞬間首を振って衝撃を逃がすのは容易かった。

派手に見えるがほとんどダメージはない。

にも拘わらず、よろけて尻もちを打って、恐怖に怯《おび》えた表情を作り頬を手で押さえる。

「聖騎士と言ってもこのざまか！　なんだ、その反抗的な眼は。まったく反省が見られないな！　王都につくまでたっぷりと可愛がって矯正してやる！」

好きなだけ調子に乗っておくといい。

そのツケは後で払わせる。

◇

馬車に乗る際、両手を縛られ、目隠しの布を巻かれる。おまけに魔法を詠唱できないよう、猿《さる》ぐつわまでつけられた。

そして、予想通り全ての私物を没収されている。

全てと言っても、軽い持ち物検査でわかる範囲でザルもいいところ。

俺の監視役は二人で、両方ともカロナライ侯爵によって買収済みらしい。

馬車に乗ってからは、想像通りの展開で笑えてくる。

罵詈雑言《ばりぞうごん》を吐き散らし、飯の時間には手が滑ったと俺の飯をひっくり返して、わざと靴で踏みにじる。

そんな役人どもは、さきほどから目を開けたまま全身を弛緩《しかん》させて意識喪失状態だ。

俺はそんな二人に囲まれながら、両手を縛る鉄の鎖を解き、猿ぐつわを外す。

そして、悠々と【鶴皮の袋】を取り出して、タルトの作ってくれたパンを食べる。硬いがしっとりしていて、たっぷり詰まったドライフルーツとナッツで贅沢《ぜいたく》な味わい。

バスケットには温かいスープが入った水筒も入っていて、ありがたい。

温かいスープでささくれだった心が、穏やかになっていく。

「うまいな。タルトの奴《やつ》、また腕をあげたか」

タルトが食事をもたせてくれて助かった。

腹も膨れたことだし、裁判用の資料を読み直す。

こうまでしているのに、役人どもはというとたまに独り言やあーとか、うーとか気持ち悪い声を垂れ流しながら指先がぴくぴくと動いているぐらい。

こうなったのは、俺が首筋に針を使って薬を打ち込んだから。

暗殺者が本気で隠した暗器を、こいつら程度が見つけられるわけがない。また、たかだか両手両足が縛られ、目隠しと猿ぐつわをされたぐらいで、俺が急所を外すこともない。

打ち込んだ薬は、もしものときのために作っておいた強力な自白剤。

あまりに強力すぎて、打ち込まれたものは夢と現実の境界線がわからなくなり、目を開けたまま、夢を見て、自分の都合がいい世界を味わえるという代物。

漏れ出てくる独り言を聞くと、どうやら夢の中で俺をいたぶっている。

金持ち貴族で次期当主。容姿が良くて誰からも称賛される俺が気に食わない。

そんな俺を自由を奪った状態で殴りつけるのが楽しくて仕方ないらしい。

この薬のメリットは、薬が効いている間の数時間に行われた妄想を現実と思い込むこと。

夢と現実の境目がわからなくなる性質のおかげだ。

普通に気絶させるのとは違い、ちゃんと記憶が残っているため、正気に戻ったあとも、俺が何をしたか気付けない。

王都につくまで、定期的にこの薬を投与する。

こうしておけば大人しくなるし、のちの布石にもなる。

この薬を常用すると非常に頭が柔らかくなり、染めやすくなるのだ。

到着前日からは、少々お薬の種類を変えて、俺のポチにしていろいろと協力してもらうつもりだ。

「こんな薬使うつもりはなかったんだがな。後遺症がえげつないやつだし」

相手がただの役人なら、王都まで大人しくしておくつもりだった。

しかし、買収された上、俺を楽しみながら痛めつけようとした。

そんな相手に、気を遣うほど優しくない。

「さてと……資料は読み込んだし、魔法開発でもするか」

久しぶりに、ゆっくりとした時間がとれた。

思う存分、魔法開発を行うとしよう。

紙とペンを取り出す。

最近、ディアに驚かされてばかりだ。俺もディアを驚かす魔法を作らねば。

ちょうど、作ってみたい魔法があったんだ。

ディアに見せると、きっと喜び、それからその発想を発展させて新たな魔法を作ってくれるだろう。

Episode11

第十一話――暗殺者は裁判に挑む

The world's best assassin, to reincarnate in a different world aristocrat

数日の旅路を終えて、王都にたどり着いた。

すっかり洗脳された監視役は俺のポチになっている。

『一切異常はなかった、抵抗らしい抵抗はせずに消沈している。私物は没収済み』。

彼らにはそのように伝えさせた。

今回は洗脳に使ったが薬は便利だ。この世界では魔力を餌に育つことで薬効が高まる植物が存在し、転生前のものに比べて非常に強力なものが作れてしまう。

こうして、自分が使う分にはいいのだが、逆に使われる危険性があるということは留意しておきたい。

薬で財をなしている貴族も存在している。

俺には前世で培った知識と技術があり、医術の名家であるがゆえにトウアハーデにも薬の知識は蓄積しているが、薬に特化した貴族には敵《かな》わないだろう。

俺のもっている薬よりも凶悪なものを作れても何の不思議もないのだ。

「……まあ、王都についてもこういう扱いになるよな」

自らの置かれている状況を見て、ため息を吐く。

牢屋《ろうや》の中でも目と口を覆われ、両手両足に拘束具をつけられるとは。

容疑者というだけでこれはやりすぎだ。

カロナライ侯爵が手を回しているからこその特別待遇。

彼の計画では、徹底的に俺の目と耳を塞ぎ、こちらがわけもわからぬまま罪を着せて、裁判では勢いで押し切るというもの。

こういう抜け目がないところは評価できる。

とはいえ、俺がどういう人間かわかっていない。すでに諜報員《ちょうほういん》を使って、看守の何人かは買収済み。買収した看守が見張りの際には羽を伸ばさせてもらう。

事前情報の通り、明日には裁判が開かれると看守から教えてもらった。

さてと、そろそろ抜け出すとしようか。今の見張りも次の見張りも買収済みで時間的に余裕がある。

明日の裁判に向けて、最後の武器を手に入れて戻ってこよう。

◇

翌日、王都に用意されている裁判所にて、俺の裁判が始まる。

裁判は公開されており、貴族、あるいは王都の居住資格があるものは傍聴席からそれを眺めることが可能。

理不尽な裁判をすると、いろいろと問題が出るため、裁判長も告発者も無茶《むちゃ》はできない。最近導入された制度で冤罪《えんざい》がかなり減ったらしい。

聖騎士であり、すでに魔族を二体も倒した俺の裁判の注目度は高く満席になっている。

……そして、どこから聞きつけたのか、当然のようにネヴァンがいて微笑みながらこちらを見ている。

(心配しているわけではないようだな。普通なら、ここに立たされた時点で終わっているんだがな)

この国における裁判はほぼ確実にクロだという証拠がないと開かれない。

つまり、裁判が開かれた時点で罪は確定している。

だいたいやることと言えば、この裁判の開催を主張した側の証拠を読み上げ、容疑者に突きつけて、罪を認めろと告げること。

そこで罪を認めれば晴れて罪人。認めなくとも裁判長がその証拠を妥当と判断すれば罪人として扱われる。

カロナライ侯爵本人が告発者として壇上に立ち、よどみなくでっち上げた資料を読み上げていく。

でっぷりした体に欲の突っ張った顔と居丈高な物腰、なんというか、あまりにもステレオタイプな悪徳貴族で笑えてくる。

俺はとくに何も口を挟まないで相手の話が終わるのを待つ。

「以上のことから、ルーグ・トウアハーデは聖騎士に与えられた特権を悪用し、トウアハーデ男爵家と確執があったマーレントット伯爵を意図的に殺害したことは明白です。この国の平穏を守るために与えられた特権を私欲に使うなど言語道断。どうか、厳罰を！」

だいたい向こうの主張はこちらが事前に摑《つか》んでいた通り。

何一つ目新しい情報はない。

「被告人、弁論は」

「俺はマーレントット伯爵を殺した覚えはないし、トウアハーデとの確執なんてものも存在しない。すべてでっち上げだ。そちらが出した証拠をきっちり調べれば必ずボロがでるはずだ」

「見苦しいぞ、ルーグ・トウアハーデ。こちらには証人もいる。たまたま、ジョンブルにいたフラントルード伯爵がすべてを見ていたのですよ。彼をここに呼んでいます。裁判長、彼に証言をさせる許可を」

「よろしい、証人の発言を許可しましょう」

裁判長が許可を出すと、フラントルード伯爵が壇上に現れた。

俺がわざわざ女装までして味方に引き入れた男だ。

「ジョンブルが魔族に襲撃された日、私もそこにいました。そして、たまたま聖騎士ルーグ・トウアハーデの戦いを目にしたのです。強力な魔物を苦にせず、魔族を追い詰める姿は神々しく、見惚《みと》れてしまいました。それは、まるでお伽噺《とぎばなし》に出てくる伝説の騎士のようで、命の危険があるにも拘わらず、私の足はその場に釘付《くぎづ》けとなった」

ほう、驚いた。

この口ぶりに嘘《うそ》はない。戦いを見ていたというところまでは本当のようだ。

「そして、戦いの最中、ふと彼は何かに気付き、魔物から意識を逸したのです。そこには、マーレントット伯爵がいました。戦いの余波で足をやられて、座り込んでおり、そんな彼を見て、ルーグ・トウアハーデは笑い、瓦礫《がれき》を蹴り飛ばしました。その瓦礫はマーレントット伯爵の頭に突き刺さり、絶命しました。間違いなく、あれはわざとです」

彼の言葉を聞き、見学に来ていた聴衆がざわつき始める。

「まさか」

「【聖騎士】がそんなことをするなんて」

「【聖騎士】といえど、所詮は男爵家の出」

などなど、賑《にぎ》やかなことだ。

「静粛に！」

裁判長がガベルを鳴らし、カンカンと音が鳴り響き、静寂が戻る。

「フラントルード伯爵、それは間違いないのですか？」

「はい、間違いないです」

彼が言い切ったところで、カロナライ侯爵が薄ら笑いを浮かべた。

これで決まったと思っているのだろう。

だが、それは甘すぎる。

彼は俺を嵌《は》めることに夢中で、自分が嵌められることを考えていない。

フラントルード伯爵の言葉には続きがあるのだ。

彼が大きく息を吸い込み、再び口を開く。

「間違いなく、カロナライ侯爵にそう言えと脅されました。私は彼に弱みを握られ、金を握らされ、偽の証言をしました。私にこのようなことをさせるのだから、私の証言以外にカロナライ侯爵が用意した証拠もでっちあげでしょう。裁判長、私がここに来たのは聖騎士様に罪をかぶせるためではなく、私を脅し、偽の証言をさせようとしたカロナライ侯爵を告発するためです！」

さっきまで薄ら笑いを浮かべていたカロナライ侯爵が青ざめる。

聴衆のざわめきは、さきほど以上に大きくなる。

カロナライ侯爵はフラントルード伯爵の裏切りをまったく想像していなかったようだ。

想定が甘い。俺はこの場でフラントルード伯爵が裏切ることをも想定し、その際のプランを用意してある。

暗殺などが計画通りに進まないことは多々ある。そのときに第二、第三の計画を用意しておくのがプロ。

自身の思う通りに全てが進むなんて思っているのはアマチュアだ。

「貴様、気が触れたか？」

「気が触れたのはどっちですか⁉　この国、いや、この世界を守るために命がけで戦っている【聖騎士】を、己の醜い嫉妬で陥れようとしているなんて。俺にはそんなことできない！　金は返す。脅したければ脅すといい。俺は、俺の正義に従い、この国のためにふざけた茶番をぶち壊すと決めたのです！」

内心で拍手を送る。

迫真の演技だ。

完全に聴衆を味方につけた。台本を書いたのは俺だが、役者がいいおかげでより心に響いた。

報酬に色をつけてやろう。

「裁判長、この証人は気を病んでいるようです。こちらの証人は無効とさせてください」

「いえ、どうも私には彼が嘘をついているようには見えません。もし、彼の言ったことが事実なら、カロナライ侯爵、あなたは告発者としてではなく、被告としてここに立つことになりますよ」

「ありえません、天地神明に誓い、私はそのようなことはしておりませぬ」

よく言う。

だが、あがいたところでもう無駄だ。

流れはこちらに傾いている。トドメを刺すとしよう。

「裁判長、俺からも反論を。本件についての資料を用意してあります。カロナライ侯爵が不当に私を貶《おとし》めようとした証拠を記しましたので。まずは概要を纏《まと》めたものを御覧ください」

俺が集めた証拠の量は膨大で、すべてに目を通すのは非常に時間がかかる。

だから、短くまとめた概要書を作り、そしてその補足資料を多数用意した。

裁判長の指示で彼の補佐が俺から資料を受け取り、彼の許へ運ぶ。

カロナライ侯爵がありえないと表情で語っている。

なにせ、俺の私物は全部没収するよう指示を出しており、こんな資料があれば握りつぶす計画だ。

そもそも俺は何も知らずにここへ連れてこられたはずで、対策をする時間なんてなかったと思っている。

「なんと、マーレントット伯爵が殺害されたのはジョンブルではなく、この王都であり、その死体を運ぶ手はずをカロナライ侯爵が行ったと。それだけでなく、トウアハーデとマーレントット伯爵との確執はでっち上げであり、むしろカロナライ侯爵こそがマーレントット伯爵と敵対していた……興味深い資料ですね」

「そんなものでっち上げだ！」

「かもしれません。ですが、この資料の説得力はあなたの用意したものより数段上です。それに、この資料があれば私どもでも裏付けはとれるでしょう。少なくとも、この場でルーグ・トウアハーデを断罪することはありえません。なにせ、あなたの用意した証人のみが殺害現場を見た目撃者だった。その彼が前言撤回をした以上、誰一人、ジョンブルでマーレントット伯爵が殺されたところを見た者はいない」

「それは、ですが、そっ、そうだ。状況証拠があります！」

「その状況証拠は、ルーグ・トウアハーデよりもカロナライ侯爵こそが怪しいと囁《ささや》いているのです。カロナライ侯爵、万が一、ルーグ・トウアハーデが用意した資料が正しいと裏付けがとれた場合、どうなるかわかっているでしょうね？」

　裁判における偽証は極めて重い罪だ。

　その罪単体で、家の取り潰しは決まるし、貴族ならではの国益に繋がる非人道的な奉仕活動も強制されることになる。

　ましてや、国を救う使命を帯びた聖騎士を私怨で妨害したのだから罪の重さは比較にならない。

　そこに貴族殺しの罪も加わるのだ。カロナライ侯爵は破滅だろう。

「私は無実だ！　誉れ高きカロナライ侯爵家の当主である私よりも、たかが男爵の、そんなガキを信じるというのか！」

　底が浅い。

　今の発言だけで、俺への敵愾心《てきがいしん》、個人的な感情が透けてみえてしまった。

　それは心証を悪くし、聴衆をも敵に回す。……こいつなら濡《ぬ》れ衣《ぎぬ》を着せかねない。そう思わせるのに十分。

　裁判長も同じように感じたのか目を細めた。

「ええ、どちらを信じるかと聞かれれば彼でしょうね。彼は命をかけて二度も魔族を退けた。実績だけで言えば、勇者をも超えるこの国の希望なのですから。……結論は出ました。ルーグ・トウアハーデは無罪。そして、彼からもたらされた資料を元にカロナライ侯爵を調査し、状況次第ではカロナライ侯爵を告発する裁判を行います。また、カロナライ侯爵は保身に走り証拠隠滅・逃亡の恐れが高いため、裁判長権限で調査が終わるまでの拘束を命じます」

裁判長の後ろにある扉が開き、騎士たちが現れて、カロナライ侯爵を拘束する。

「ふざけるな、私は、侯爵だ、カロナライなんだ、なんで、私の命令が聞けない、私は、私は」

連行される際に、俺の隣を通っていく。

そのタイミングで風の魔法を使う。

音を風に乗せて運ぶ魔法。これを使えば、声を届かせたい相手だけに声を届かせることができる。

『この件だけで済むと思うな。おまえの留守中、屋敷を荒らさせてもらった。ずいぶんあくどいことをやっているようじゃないか。そいつを表に引きずり出して息の根を止めてやる。おまえだけじゃなく、お仲間もな。俺に手を出したことを一生牢《ろう》の中で悔やむといい』

風に乗せたのは声だけじゃなく、殺意もだ。

俺は声に感情を含ませる技術に長《た》けている。

カロナライ侯爵のズボンにシミができる。

聴衆の誰かがそれに気づき、ぼそぼそと話が広がり、ついにはそれを指差して、爆笑の渦が広がる。

カロナライ侯爵の顔が赤く染まり、恥辱に震える。

プライドが高い彼にとって、これ以上の屈辱はない。

生意気な男爵の倅《せがれ》を痛めつけて溜飲《りゅういん》を下げるつもりで、自らが破滅するなんて救えない。

「ルーグ・トウアハーデ、この度は申し訳ございませんでした。改めて、そちらの資料の裏付けが取れれば、規定に従い、カロナライ侯爵の私財を接収したのち、そこから賠償金を支払います」

「いえ、こちらの言い分を信じていただき感謝します」

冷静な裁判長で良かった。

一番、俺が恐れていたのは裁判長そのものが買収されているケース。

その手を使われていたら厳しい戦いになっていただろう。

ただ、その可能性は限りなく低いと考えていた。なにせ、話を持ちかけた瞬間に重罪となる。

あまりにもリスクが高い一手。

……ただ、もし俺がカロナライ侯爵と同じように誰かを嵌めるなら、そこまでする。

ありとあらゆる説得手段を以てすれば難しいが可能だ。

買収に失敗したとしても、買収を持ちかけたとばらされる前に口を封じればいい。

結局のところ、奴《やつ》の敗因は行動すべてが小悪党の域をでなかったこと。

俺に喧嘩《けんか》を売るには覚悟が足りなすぎた。

(さてと、土産も手に入ったし、ちょっと遊んでみるか)

昨日、監獄を抜け出したのは奴の屋敷に忍び込み、やつを破滅させうる弱みを見つけ、保険にするためだった。

そのついでに今回の慰謝料も頂いている。

フラントルード伯爵から美術品をだまし取ったように、奴はあくどい手段で貴重な品々を集めている。面白いものがあると期待して、奴の屋敷を漁《あさ》ってみたのだ。

その読みは当たりだった。こちらの情報網にすら引っかからない神器が存在していた。

これで手元にある神器は二つ目。【鶴皮の袋】だけだと解明しきれなかった仕組みも解き明かしていけるだろうし、それそのものの性能にも期待できる。

これだけのものが手に入ったことを考えれば、ここ数日強いられた手間暇も割に合う。

だから、広い心で奴のことは許してやろう。

俺はこれ以上、奴に拘わるつもりはない。

もっとも、もはや俺が手を出すまでもなく法によって奴は裁かれる。

彼が己の罪を、正しく償いやり直すことを祈っておこう。……罪を償う前に、寿命が尽きるか自殺するほうが早いだろうが、それは俺の知ったことではない。

Episode12

第十二話——暗殺者は新たな神器を試す

The world's best assassin, to reincarnate in a different world aristocrat

無罪を勝ち取り、裁判が終わった。

事務手続きを終えて、ようやく自由の身となる。

牢屋《ろうや》暮らしは窮屈でいけない。

もっとも、あの程度の牢獄《ろうごく》はほぼフリーパスであり、久々にじっくりと魔法の研究に打ち込めて悪くない時間だったが。

なにより……。

「【アガートラム】。よくもまあ、こんなものを隠し持っていたものだ」

周囲に誰もいないことを確認してから、カロナライ侯爵の宝物庫から失敬した神器を取り出す。

見た目は銀色の義手。

義手自体はさほど珍しくもない。

しかし、【アガートラム】の特徴は完璧な義手であるということと炉心を持つこと。

完璧な義手とは文字通り完璧で、だれが身につけても違和感がなく腕としての機能を十全に発揮すること。

可動域、柔軟性、触覚、それらが生身と何一つ変わらないほどに再現されている。

その上、非常に強度が高く、伝説ではセタンタが所有していた【ゲイ・ボルグ】の一撃にすら耐えたとある。

しかも、その炉心からは魔力が常に流れ続ける。トウアハーデの瞳で注視すると、常に生産され続けている魔力量は、ディアの魔力生産量とほぼ同じだとわかった。つまり、人類最高峰の魔力持ちと同等。

さらに驚いたことに、こうしてその魔力にふれると持ち主の魔力に合わせて変質する。

つまり、自分の魔力として扱える。

これは便利すぎる。

自分の右腕を切り落として、付け替えたいと思ってしまうぐらいに。

「……ただ、それをするとディアやタルトが悲しむだろうな」

性能だけで、腕の付け替えをする気は今の所ない。

彼女たちは強くなるためとはいえ、俺の右腕が魔道具になることを喜びはしない。

それに、俺は彼女たちを自分の手で抱きしめたいと思ってしまう。

いや、待て。

別に腕が二本でないといけないという決まりも、義手は常に身につけているものという決まりもない。

【アガートラム】の起動条件は神経接続。

なら、腕の代用品として以外にも使える。

じっくりと研究してみよう。

◇

裁判所を出る前に、個室に忍び込んで【鶴皮の袋】に入れて持ち歩いている変装道具を使い、別人に化けていた。

今回の一件は凄まじく注目が集まっており、ルーグ・トウアハーデのまま外にでれば、間違いなく質問攻めに会ってしまう。

裁判所から出ると、やはり人だかりができており、俺を捜していた。

その人だかりを突っ切って出ていく、誰も俺だと気付かない。

ネヴァンはいない。彼女は、裁判の決着がついた瞬間に微笑みかけてから帰っていった。

彼女は俺を心配してここに来たわけではない。俺がどこまでできるのかを見に来ただけだろう。

今回見せた手際は彼女が満足するものだったはず。

人だかりの中にまぎれていた諜報員《ちょうほういん》に手紙を握らせる。

諜報員も変身を見抜けていないが、接触するときの取り決めがあり、仕草で俺だと示せば伝わる。

手紙の中身はマーハへのメッセージ。

いろいろと今回のことでも世話になった礼と追加の依頼。

そして、明日には彼女のもとへ向かうというものだ。

いろいろと迷惑をかけっぱなしでろくに労《ねぎら》ってもいない。なにより、今回の件で一番負担をかけたのも、心配してくれたのも彼女だ。

彼女は情報網の管理者であり、今回の件がすべて見えている。だからこそ、いろいろと考えてしまう。

「風が強いな」

嵐が近づいている。雲の動きや肌で感じる湿度や温度などから計算すると、夕方には直撃し、朝までには通り過ぎそうだ。

嵐の中、飛行することは厳しい。

可能ではあるがひどく消耗してしまう。

ハンググライダーは風を利用して飛行するため、風の影響を無効にする【風避《よ》け】が使えないのは厳しく、大雨に打たれながらの飛行は辛い。

嵐が止《や》むまでは、どこかの宿を借りて、早速新しい玩具《おもちゃ》で遊び、嵐が過ぎ去ると共にムルテウに向かうとしよう。

そう考え、俺は王都で宿を探し始めた。

◇

先程から、雨と風が容赦なく宿の窓を叩いている。

俺の読みどおり、嵐が王都を襲っていた。

とどまって良かったと思う。

こんな嵐の中を飛びたくはない。

「……やっぱり思ったとおりだな」

宿で新たな神器、【アガートラム】の分析をしていたが、いくつかわかったことがある。

【アガートラム】と肉体の接続は、物理的なものもあるが、それはあくまでサブでメインは霊的なパスによるもの。

科学ではなく神秘・魔法の領分。

であるなら、別に腕を切り落とさずとも使えるかもしれない。

腕がついたまま、接続部の刃物を肩に差し込んでみる、すると刃が肉にえぐり込んでから、抜けないように広がりとんでもない激痛が走る。

その傷が【アガートラム】の力で癒やされていき、傷口がふさがり、物理的には接続された。

しかし、肩についただけであり、ぴくりとも動かない。

その理由は簡単、肩から腕にかけての霊的なパスは現状では俺の腕のみに繋がっているからだ。

【アガートラム】が繋《つな》ぐ先のパスが塞がっているせいで、霊的パスが繋げない。

だが、接続をしようとしたときの挙動はこのトウアハーデの瞳で見た。

だからこそ、その魔力の動きから式を大まかに想像できる。

しかもこうしている間も、【アガートラム】は霊的パスの接続先を探し続けてくれている。非常に分析がしやすい。

「これなら、できるかもな」

今まで解析した魔法のなかに似たような術式があった。霊的パスを利用する魔法というのは案外多い。霊的パスに炎の魔力を循環させることで一時的に炎を纏《まと》う捨て身の魔法などが代表例。

腕を切り落とさなければラインが確保できない……であれば、ラインを増やしてしまえばいい。

俺が作る魔法は、単純に肩から腕へのラインに分岐を作るものだ。式を書きながら、きっとディアならもっとうまく作るんだろうなと考えてしまう。繊細な魔法は彼女の得意分野だ。

戻ったら、ディアに作ったものを見せ、改良してもらおう。

とりあえず今日の目的は、【アガートラム】を使える状態にすること。動きさえすればいい。

そうして、魔法開発に熱中していく。

かなり難航しているが、少しずつ進んでいる実感はある。

望みの魔法が完成して顔をあげると、気がつけば夜が明けており、嵐も過ぎ去った。何時間も集中していたようだ。

「さてと、早速詠唱するか……【傀儡《くぐつ》】」

この魔法には傀儡《くぐつ》という名をつけた。

魔法が発動し、肩からの霊的パスが望み通り分岐する。

すると、俺の肉体に突き刺さったままの【アガートラム】がようやく目当ての霊的パスが見つかったと、パスを伸ばし接続する。

一瞬、意識がブラックアウトしかけた。

強烈な不快感。

【アガートラム】の情報量が多い。常に負荷をかけつつ、【成長限界突破】で脳を成長させている俺でなければ、脳が焼け切れていたかもしれない。

腕一本分の情報はとてつもない。指、手首、肘、肩、複数の可動箇所がある上に筋肉の一本一本までを制御しないといけない。

本来、【アガートラム】は持ち主の腕に使っていたリソースに割り込むのだが、腕を一本無理やり追加したせいで、新たに腕一本を動かすのに必要な全情報が流れこんできた。人間の設計は腕が二本で作られている。三本を操作することなど想定しておらず、処理がパンクするのは必然。加えて、強烈な不快感と違和感がある。

それでもなんとか、強化された脳が順応していく。

「……繋がったな。なるほど、これはいい」

霊的パスが繋がったことで【アガートラム】の炉心で作られる魔力が流れこんでくる。

しかも自己治癒力を強化する力と体を活性化させる力も備わっている。

いや、それだけじゃない、【アガートラム】を媒体にして魔力を放出できることがわかった。

俺の体から放出できる魔力と合わせて、二倍の瞬間魔力放出量。

俺の最大の欠点である、魔力タンクは完全な規格外ではあるが、瞬間放出量は常人の域をでないという点がだいぶ解消できる。

　それに……。

「イメージした通りに動かせるな」

　肩に突き刺さった義手に内ポケットに隠し持ったナイフを引き抜かせ振るわせることができた。なめらかな動きで、俺の意識どおりに。

　問題点は、意識しなければ動かせないこと、反射による無意識での行動は現時点では不可能。

　おいおい、それは解決しよう。

　現時点でも、この義手は十分使える。

　この義手は、ゆったりした服なら隠せてしまえるため、不意打ちにもってこいだ。

　たとえばだ、剣の切り合いの最中に、服を突き破っていきなり三本目の腕が現れて刃を振るえば、それに対応できるものはまずいない。

　なにせ、誰も三本目の腕があるなんて想定をしていないからだ。

　そういう不意打ちがなくとも、三本腕があればいろいろと面白いことができる。

　腕一本分のアドバンテージは大きい、手数が五割増しだ。

「こいつはもう十分だな」

　深く肉に突き刺さった義手を肩から引き抜く。

血が吹き出て、【超回復】の効果で癒えていく。

……さて、この道具を使うことはできた。

次はこれをもっと分析して、他にこの技術を流用することを考えてみるか。

腕として扱えるほど精密な制御、いろいろと勉強になる。

「さてと、朝になったし行くとしようか。マーハが首を長くして待ってる」

朝陽が昇っている。

雲ひとつない空だ。

これなら、マーハのもとへ飛んでいける。

きっと、最初はずっと顔を見せなかったことに拗《す》ねて怒る。でも、すぐに笑顔を見せて再会を喜んでくれるだろう。

Episode13

第十三話──暗殺者は妹におねだりされる

The world's best assassin, to reincarnate in a different world aristocrat

嵐が過ぎ去って晴れ渡る空を飛んでムルテウに到着した。

マーハに会うのが目的のため、ルーグ・トウアハーデではなく、イルグ・バロールの姿へと変わっていた。

ムルテウにつくなり、俺は通信機が埋まっているポイントに近づいて、子機でアクセスし、チャンネルをディア、タルト、マーハたち専用のものへと設定して起動する。

無事だということを伝えるためだ。

『ルーグだ。無事裁判は終了して無罪放免。今日はムルテウで仕事をして明日には帰る予定だ』

それだけ言って切ろうとしたのだが、俺以外の誰かが通信網にアクセスしており、通信機から声が漏れてくる。

『ご無事で良かったです！　ルーグ様の好物作って待ってますね』

『ああ、もう。連絡が遅いよ。心配したんだからね！』

『二人共。昨日、私が無事だと伝えたわよね？』

『だって、直接声を聞くまで安心できないじゃないですか』

『そうだよ。おかげで徹夜で眠いし、魔法開発にも手がつかなかったんだからね』

タルト、ディア、マーハの声が聞こえる。

自室に通信が入るマーハはともかく、ディアとタルトは裏山までいかないと子機でも通信を受け取れないはずなのに。

きっと俺が心配で、昨日ぐらいから裏山で通信機に張り付いていたのだろう。タルトにはサバイバル技術も教えてあるから、テントでも張っているのかもしれない。

『心配をかけて悪かったな。いろいろと土産を買っているから楽しみにしておいてくれ。……それから、マーハ。あと二、三時間後に会いに行く』

『こちらの準備は万全よ。裁判が終わったあとに時間がとれるように仕事を調整していたもの。今日は一日、私の時間をルーグ兄さんのために使えるわ』

『ああ、羨ましいよ。私もルーグとデートしたいなぁ』

『それを一緒に暮らしているあなたが言う？』

『たしかにそうだね。ごめん。ねえ、マーハ。一回会ってみない？　私たち、一度も会ったことがないのって変じゃない？』

『そうね、今度どこかで時間を作るわ。いろいろと聞きたいことや話したいことがあるし。

どこで会うかは相談しましょう』

『ルーグは抜きのほうがいいよね』

『ええ、もちろん』

『なんか、それ怖いんだが』

わざわざ俺抜きでこの二人なんて、いったい何を話すつもりだ？

『女同士じゃないと駄目なことがあるんだよ』

『ええ、ルーグ兄さんは心配しないで、別に喧嘩《けんか》をしたいわけじゃないわ。私がルーグ兄さんの嫌がることをするわけないじゃない』

『私はただ仲良くしたいだけだよ。こうして会話しているだけですっごい距離取られてるの感じてるしね』

とにかく、危ない感じじゃないので安心した。

大人しく女同士のことは二人に任せよう。

『通信を切る。一応言っておくが、ここでの会話は全部ログに残るから、そのつもりでな』

この流れ的に三人はこのままおしゃべりモードに入るから警告をしておく。

三人の性格上、暴言などは吐かないだろうが、いろいろと男の俺に聞かれたくないことを口走ってしまうかもしれない。

『わかりました。マーハちゃんといつでもおしゃべりできるって、気付かなかったのは不覚です』
『タルトは変わらないわね……でも、あなたの声を聞くとほっとするわ』
『あっ、タルトはついてきてよ。共通の友達がいると会話が弾むし』
『不肖、このタルトが誠心誠意を以《もっ》て架け橋になります！』
少し安心した。
タルトがいるなら、然《そ》う然う変なことにはならないだろう。

◇

ムルテウの街を歩く。

やはり、ムルテウはいい。

アルヴァン王国最大の港だけあって、大抵のものが手に入る。

個人的に必要なものを買い集めながら、マーハへの土産を選ぶ。

王都で彼女が好きなクッキーを買っていたのだが、それとは別に花束を選ぶ。

マーハの好きな紫色の花が旬だ。

タルトやディアの場合、花などはあまり喜ばない。タルトは食べ物、ディアは本を喜ぶ。

三人の中ではマーハは一番女性らしい感性を持っている。

そうやって、買い物を済ませてからオルナの本店にやってきた。

馴染《なじ》みの受付で挨拶して、マーハの待つ部屋へと向かった。

◇

中に入ると書類とにらめっこしていたマーハがゆっくりと顔をあげる。

この落ち着いた感じがマーハらしいなと思ってしまう。

これがタルトやディアなら、駆け寄ってきただろう。

「久しぶり、マーハ」

「ええ、久しぶりね。ずっと顔を出してくれないから寂しかったわ」

マーハが苦笑して、それから立ち上がる。

いつものようにお茶を淹《い》れてくれるようだ。

マーハの淹れるハーブティーはとても美味《おい》しいから落ち着く。

「今日は渋めに淹れてもらえないか。王都で土産を買ってきたんだ。マルラナのレーズンクッキー。前に美味しかったと言っていただろう？」

「うれしい。大好物なの。王都の品って質はよくても高すぎると感じていたけど、これには値段相応の価値があるわ」

俺はマーハが茶を淹れている間に、花瓶に買ってきた花を生ける。

「あら、メルナの花。私の好きなお菓子と花束を揃《そろ》えてくるなんて、ちょっと気配りされすぎて身構えてしまうわね」

そうは言いつつも口元が緩んでいる。

ちゃんと喜んでくれているようでほっとした。

「マーハにはいろいろと頑張ってもらっているから礼がしたいんだ」

「そう……そう、思ってくれているのね。なら、ちょうどいいわ。お願いしたいことがあったの」

マーハがハーブティーをもって目の前に座る。

「俺にできることなら聞くよ」

「あなたにしかできないことよ。お菓子を食べ終わったら、お願いするわ」

「そうしよう、マーハのハーブティーが冷めるのはもったいないしな」

マーハのハーブティーはとにかく理詰めに淹れられている。温度、抽出時間、茶葉の量、水の質。

茶葉によって使う水を変えているのなんてマーハぐらいだろう。

硬水、軟水なんて概念、こちらの世界にはないし、俺も教えていないというのに、マーハは自分の舌と経験則により気付いている。

ハーブティーが疲れた体にしみる。

土産で買ってきたレーズンクッキーを開封すると、洋酒とレーズンの香りが広がった。

上品なソフトクッキーであり、味の決め手は高級ブランデーに漬け込んだレーズンの美味しさと、その風味を際立たせるスパイスを生地に練り込んでいること。

高級感溢《あふ》れ、かつ複雑な味。マーハはこういう品があるものを喜ぶ。

「やっぱり美味しいわね。このクッキー。こっちでも作れないかしら」

「難しいだろうな。聞いた話だとレーズンを漬け込むブランデーを専用に作っているらしい。馬鹿高いが、こだわりのレベルが違う。これは、一朝一夕じゃ真似《まね》られない」

たかだかレーズンを漬け込むのに使う酒を一から生み出すなんて並の執念じゃない。

そして、それをやるということはそれ以外のすべてにこだわり尽くしているということ。

「そうね、かけた時間と執念。私たちとは対極にいるわ」

「俺たちのオルナは斬新な発想や、あるいは技術力と資金力、独自の流通網で優位になっているが、こういうありふれたものを極限まで完璧に仕上げるっていうのをやるには歴史が浅いし、人材もいない。この路線は目指すべきじゃない」

商売において、できないことがあるというのは大した問題じゃない。

大事なのは何ができるかであり、できることで勝てばいい。

「そうね……でも、いつかこういうのもやってみたいわ。ほとんど趣味になるけど」

「オルナは十分すぎるほど大きくなった。これ以上は逆に身動きが取りにくくなるし、これからは守りに入りつつ、趣味の店を開くなんてのもいいかもしれない」

オルナは膨張し続けており、その成長速度に追いつくように設備と人員を揃えるのに必死な状況だ。

……そして、そろそろいくら効率的に管理しようと、隅々まで手がとどかない領域にまで到達しそうになっている。

それは危険だ。

オルナが俺たちの見えないところで暴走しかねない。

商売においては足を止める勇気と決断も必要だ。

「私も同意見。そのことを相談したいと思っていたけど、イルグ兄さんから話されてしまったわね」

「マーハがそういう視点を持っていたことには驚いた」

「舐《な》めないでもらえるかしら？　イルグ兄さんにオルナを任されてからどれほど経《た》っていると思っているの？　商売だけなら、私はもうあなたより上かもしれないわよ？」

「そうかもしれないな」

実際、俺はもうただのアドバイザーにしか過ぎず、俺が立ち上げたオルナをここまで大きくしたのはマーハの力量だ。

オルナについて話しながら、レーズンクッキーとハーブティーを楽しんでいると、あっという間に空になってしまった。

そうなると、マーハが急にそわそわし始めた。

きっと、クッキーを食べ終わったら、俺にお願いごとをしたいと言っていたことだ。

そんなに恥ずかしいことを頼むつもりだろうか？

マーハがごほんっとわざとらしくせきをしてから話し始める。

「その、ちょっと前からタルトが変わったって思ってたの。手紙とかでやり取りしてると、どこか幸せそうで、いつもおどおどしていたあの子が自信をつけているって感じたの」

「そういえば、そうだな」

タルトはいつも自信なさそうにしていた、この国でも有数の実力をもってからもそうだった。

なのに最近は少し違う。堂々とするようになったのだ。先の通信網での会話もそうだ。

ちょっと前のタルトならあんな発言は絶対にしない。

「理由を聞いたの……そしたら、その、イルグ兄さんと、あれ、したって。聞いてから、どうしてタルトだけって、ずるいって思ったり、いやなことばっかり考えるようになって……ねえ、イルグ兄さん、私ともお願いできないかしら？　私はイルグ兄さんのことが好きなの。妹のように思ってくれているのは知っているし、そのことがうれしい。でも、それだけじゃ嫌よ。不安なの、ディアさんより、タルトより、愛されてなくて、一番どうでもいい子って思われてるんじゃないかって、私だけつながりがないから、自信がもてないの」

顔を真っ赤にして、瞳をうるませ、俺の顔を下から覗《のぞ》き込むように見る。

可愛《かわい》くて、いじらしい。

「……ふう、本当に俺でいいんだな。せっかくバロール商会の御曹司にプロポーズされているのに、もったいない」

茶化《ちゃか》すように言うと、マーハが頬《ほお》を膨らませた。

そういう子供らしい仕草をマーハがするのは珍しい。

「バロール商会の力は魅力的だけど、それよりもイルグ兄さんのほうが魅力的……それに、私とイルグ兄さんならオルナをバロール商会以上の商会にできてしまうでしょう?」

苦笑する。

たぶん、この台詞《せりふ》を他の商人に聞かれたら鼻で笑われるだろう。

だけど俺にはマーハとならできる自信があった。

「そうだな。俺たちならできる……言っておくが、マーハだけを愛するなんてことはできない」

「知っているわよ。それでも、いいの」

マーハが立ち上がりとなりに座る。

そして、じっと俺を見た。

彼女が望んでいるのはきっと……。

だから、それに応える。

「んっ……ぷはっ、ふふっ、前のキスと違って大人のキスね」

「今まで家族として接してきたからな」

「それは止めないでいいわ。でも、これからは恋人としても見て」

今度はマーハからキスをしてきて受け入れる。

タルトに続いてマーハとも関係を持ってしまった。

彼女たちはけっして俺を裏切らないように前世の人心掌握術、洗脳術を使ってまで俺への忠誠心を高めた。

だけどそれはあくまで忠誠心であり、恋愛とは程遠いもの。

恋愛感情を洗脳に利用しなかったのは、恋愛感情は移ろいやすく、楔《くさび》にするには向かなかったから。

なのにこうなったということは、俺がタルトやマーハに向ける感情も、タルトやマーハから向けられる感情も、意図しない何かによって生まれたもの。

計算できない、理屈に合わないものを疑問に感じつつも、わからないことを嬉《うれ》しく感じる。

「場所を変えようか」

「ええ、準備をしてあるわ」

「用意がいいな」

「私は商人よ」

違いない。

そうして、俺達は身支度を整えてオルナを出た。

マーハが微笑んで手を引く。

見惚《みと》れてしまった。

本当にこの子は綺麗に育ったのだと、改めて俺は気付く。

幸せにしてやりたいと思う。道具として必要だから手に入れた。だけど今は、本当に大事な家族だと感じているから。

Episode14

第十四話——暗殺者は受け入れる

The world's best assassin, to reincarnate in a different world aristocrat

お互い、軽く変装をしてからタイミングをずらしてオルナを出る。

そして、マーハが予約していた宿で待ち合わせた。

マーハが用意していたのは、かなりの高級宿。

家具や備品、調度品などの品が良い宿ではあるが、それ以上に秘匿性が高いことを重視しているように見えた。

ここは客のプライバシーを守る店だ。

俺もマーハもそれなりに有名人なので色々と気を遣う。

下手な貴族なんかより、オルナの代表と代表代理というのは注目度が高い。二人で一緒に歩くだけなら、別に仕事と言い切れるが、そういう関係であることが広まるのは良くないのだ。

この宿にはシャワーがあった。

シャワーと言っても、お湯を沸かしてもらってタンクに入れておき、足踏み式のポンプで圧力を生み出して、シャワーヘッドからお湯を吹き出すという原始的なもの。

そんな単純なものでもありがたい。

俺は先にシャワーを浴びて、マーハが出てくるのを待つ。

マーハの希望で、マーハを抱くときはルーグとして抱く。本当の俺に抱かれたいとのことだ。

時間がかかっているのを見ると、彼女なりに準備をしているようだ。

……鼓動が高まっている。

そういう用途で使われることが多い高級宿だけあって、雰囲気作りがうまいし、なにより、相手が相手だ。

「平静ではいられないか」

タルトが可愛く成長したように、マーハは美しく成長した。

初めて出会ったときからは想像もつかないぐらいに。

タルトもそうだが、女の子というのはすごい。知らないうちに女性に変わってしまうのだから。

……とはいえ、俺が動揺していればマーハも不安になる。

落ち着かねば。

そうしていると、マーハがシャワー室から出てきた。

シャワーを浴びたことで火照った肌に目が吸い寄せられる。

そして、目が吸い寄せられたのは上気した肌だけじゃない。

「どう、かしら？」

「よく似合っているよ」

マーハは下着姿だった。

青みがかった黒、自らの髪の色に合わせたものだ。

扇情的なデザインで大人びたマーハには良く似合っていて、彼女の魅力を引き出せていた。

しかし、興奮するより先にどこか安心した自分がいる。

実にマーハらしくて、おかしくなったのだ。

ああ、そうか。こんな状況だけど、マーハはやっぱりマーハなんだって、そう思えた。

「おいで」

「はっ、はい」

「いつもと口調が違うな」

「ええ、ちょっとタルトっぽかったわね。……緊張しているのよ」

マーハがベッドに腰掛ける俺の隣に座ろうとして途中でやめて、俺の足の間に体を収めるようにして座り、もたれかかってくる。

「いい匂いがする」

「特別な香油を仕入れて、シャワーを浴びたあとに塗り込んだの。ルーグ兄さんの好きな系統の香りだし、これを塗り込むと肌が綺麗に見えて、触りごこちも良くなるの」

「下着に香油、ずいぶんと念が入ってるな」

そう、こういう事前にしっかり準備するところが実にマーハらしく感じたのだ。

「私はディアさんやタルトほど魅力がないから、必死に着飾らないとあなたの前に立てないのよ」

「そんなことはないさ。二人も魅力的だけど、マーハも負けてない」

「あるのよ。それに、そうだとしても私はこうしないと安心できないし、少しでもルーグ兄さんにいい自分を見せたいの」

この下着は流行の最先端。たしか著名なデザイナーに貴族が特注で作らせたもので、マーハでも手に入れるのは苦労しただろうに。この香油もとても貴重なものだ。

少しでも俺に好かれたいと考えて、準備してくれたことがうれしいし、そんないじらしさが愛おしく感じて、後ろから抱きしめる。

心音が聞こえる。

マーハの心音だけじゃなく俺の心音も。どくんどくんどくん。二人の気持ちが高まっていく証拠で、そんな音すら愛おしく感じてしまう。

「本当にいいんだな」

「ええ、しいていうなら、そういうことを聞くのがNGよ」

「調子が戻ってきたじゃないか」

こういう切り返しは、マーハ特有のものだ。

「そうね、だいぶ緊張が解けてきたわ。こうして、肌を合わせると安心するの。いつだって、ルーグ兄さんの隣が一番ほっとする……ねえ、昔は寂しいって言ったら一緒に寝てくれたわよね」

「そうだったな」

タルトもマーハも幼いときに家族を失い、そのことがトラウマだった。

だからこそ、肉親のぬくもりを求め、俺なりにそれを埋めようとしていた。

だから、どうしようもないほど、二人が寂しいと感じた夜は一緒に寝てやっていたのだ。

「今だから言うけど、ただルーグ兄さんとくっつきたいから、寂しいふりをすることもあったの。たぶん、私だけじゃなくタルトもそうよ。……私たちはルーグ兄さんが思っているより、ずっと、ずっと前からルーグ兄さんのことを男性として見ていたの。気付いてた？」

「気付いてなかった。というより、気付こうとしなかったな」

いくらでもサインはあった。

だけど、俺は家族として接していたからこそ、そう決めつけて二人のサインを見落としていた。

「私よりずっとタルトのほうがわかりやすかったわよ。その、あの子、一緒に寝ながら一人で慰めてることもけっこうあったし」

「それはマーハもだろう」

「……っ、それはタルトにあてられて、って気付いていたの⁉」

マーハが大声を出して振り向く。

タルトのアレは、隠す気があるのか疑問なレベルだったが、マーハのほうは必死に声を押し殺して隠すつもりはあるように見えていた。

タルトがそういうことをし始めて、何回か後の夜からマーハもし始めたから、もしかしたらタルトが気づかれないなら大丈夫とでも思っていたのかもしれない。

「俺は暗殺者だ。寝ていても周囲の気配は探っている。なんなら、回数と日付でも言おうか？　記憶力にも自信があるんだ」

よりいっそう赤くなって、それからもう限界とばかりにマーハは再び前を向いた。

「言わなくていいわ。死にたくなるから。そういうの気付いていて無視するって、意地悪ね」

「たんに年頃だから性欲を持て余しているんだろうなと思って好きにさせていたんだ。そういうことをするのは別に変なことじゃないしな。ただ、俺の腕を無断で使うのはどうかとは思っていたが……行為自体はストレスの発散にもいい。俺に気を遣わせて、邪魔するのも悪いだろう？」

「……それ、ぜんぜん優しさじゃないわ。どうしよう、死にたい」

再び前を向いたことで顔が見えなくなっているが、耳まで真っ赤になっているのが後ろからでもわかる。

「今なら言ってもいいと思ったが、言わないほうが良かったかな？」

「ええ、本当に。私だけこんなに恥ずかしいのはずるいから、あとでタルトにもバレてたって話しておくわ」

普段は冷静なマーハでさえそれだ。

タルトはものすごく動揺しておかしなことになるだろうなと想像できる。

「ベッドの上で、他の女の話をするのは嫌がると何かで聞いたんだが、ずいぶん楽しそうにタルトについて話すじゃないか」

「だって、タルトだもの。ずっと家族で今更切り離せるわけないじゃない。それに……」

マーハが反転して、俺を押し倒してくる。

抵抗することは容易《たやす》いが、マーハの好きにさせた。

「夢中にさせるのはこれからよ。私、予習は得意なの。いっぱい本で勉強して、道具で練習してきたわ。ルーグ兄さんに喜んでもらうために」

「そっか、マーハは優等生だな」

「ええ、あなたがそんな私を求めたからそうなったの。だから、今日は全部私に任せて。……ぜったいにルーグ兄さんを夢中にさせるから」

そう言って微笑み、キスをしてくる。

マーハが覆いかぶさり、それから耳元で大好きと囁《ささや》いた。

じゃあ、俺はこのままマーハの勉強した成果を試させてもらおう。

……ただ、彼女はまだまだ青い。勉強や練習には限界があり、実戦で初めて得られるものもあるということを理解していない。

今日から恋人になるが、マーハは兄としても師匠としてもあり続けてほしいと言ってくれた。

だから、そういうことも教えてあげよう。

今日は長い夜になりそうだ。

Episode15 第十五話　暗殺者ははじまりと出会う

The world's best assassin, to reincarnate in a different world aristocrat

夢だ。

夢の中だと明確にわかる。

この光景は十四年ぶりのものであり、現実にはありえない光景。

なにせ、転生した際に、女神に呼び出された白い部屋なのだから。

「ぱんぱかぱーん、おめでとうございます！　あなたの功績ポイントが一定値を超えて、運命干渉リソースが増えました。女神様の御慈悲《おじひ》にご期待あれ！」

そして、この部屋に呼ばれたということは、必ずその主……女神もいるということ。

「十四年ぶりでも変わらないいな」

「どっちかっていうと、変わらないのはあなたですよぅ。私の性格とかしゃべりかたって、あなたに合わせて演算して演出してますからねー。私をこうしているのはあ・な・た。てへっ」

おそらく、相手がもっとも話しやすいと考える人格を演じるのだろう。

なぜ、俺の目の前にいるのがこんな人格になったかを考えてみる。

推測になるが、露骨に怪しく、洞察すれば本音が見える。そういう、わかりやすさに俺が安心するからだ。

「運命干渉リソースの上限が増えた……そういうことか。ディア、タルト、マーハ。この三人との出会いは出来すぎていた。探したとはいえ、あれだけ都合のいい人材と次々に出会えるなんてどうかしている。あの三人と引き合わせるようなことが、またできるようになったということだろう？」

「あっ、気付いていました？　そうですよ、運命線を操ってちょちょいのちょいと。あの三人には助けられてるでしょ？　全員とちょめちょめするぐらいですから。よっ、色男！」

「……あまりいい気分じゃないな。三人との絆《きずな》が仕込みだと言われるのは」

「あっ、それはちょっと違いますね。感情や行動まで縛るのってリソース消費えげつないんですよね。ぶっちゃけ無理ゲー。私がやったのは、あなたが欲しがる人材と出会うように運命をちょちょいっと方向転換させるだけ。会わせるだけで限界。会ったあとのことは知らないです。誇っていいですよ。あの三人を手篭《てご》めにしたのは純然たるあなたの実力。やだっ、私も攻略されちゃいます!?」

その言葉は俺にとって救いだった。

もし、三人の感情までもが女神によって仕組まれたものなら、それはあまりにも虚《むな》しい。

「そうか。……それは良かった」

「ちなみに、本来の歴史なら今日がマーハちゃんの命日でした。良かったですね。全員の命日を突破できて」

「三人とも今日までに命を落とすはずだったと聞こえたんだが」

「ええ、そう言ってますよ。えっと、アカシック・レコードはどこしまったっけ。あっ、あったあったっと」

女神がわざとらしく異空間から分厚い本を取り出す。

なぜか、その表紙には平仮名で【あかしっく・れこーど】と書いてある。

「本来の歴史ですと最初に死ぬのはタルトちゃん、口減らしで冬山に捨てられてトウアハーデを目指すも途中で寒さと飢えにやられて死亡。一番マシな死に方ですね。でっ、次に死ぬのはディアちゃんっと、ヴィコーネが戦争で敗北、その優秀な魔法の才能を見込まれて、跡取りを産ませるために変態貴族さんが購入、うわぁ、えげつな。人間ってば愚か、こんなことしたら子供産めなくなるじゃないですか。で壊されて廃棄処分、きゃーかわいそう」

俺という存在がなければ、あの二人はそうなっていてもおかしくない。

それがわかるだけに苛《いら》つく。

「最後にマーハちゃん、可愛かったので孤児院の悪徳院長がロリコン貴族相手に売り飛ばしちゃう。でも、強《したた》かですね。うまく取り入って愛人に収まり、ロリコン貴族をいい感じに手玉にとってますよ。でいよいよ、ロリコン貴族の後ろ盾で自分のお店を開こうかなってところで魔の手が！　嫉妬に狂った正妻の手引きで、盗賊さんに拉致られて……きゃっ、こんなの女神言えない、清純キャラ壊れちゃう。でっ、今日死ぬ予定でした」

「三人とも、俺と出会わなければ死ぬ運命だったのは偶然じゃないんだろう？」

何かしら理由があるはずだ。

この女神はこう見えて、その行動には全て意味がある。

「ええ、運命をいじる際、個人の能力・才覚に加えて、その後の未来への影響力の大きさが大きいほど、いじりにくいんですよね。優秀なやつほどいじれない。でも、早死にして未来が無い子たちは運命力が小さいので、能力のわりに運命操作が楽で助かります。コスパいいんですよね」

「俺たちのことを駒か何かと思っている口ぶりだな」

「思ってますよ。ていうか、私自身が駒ですらない舞台装置ですからねー。まあ、でも、こうやって教えている通り、できることほんと少ないんですよね」

たしかに少ない。

この十四年で出来たことと言えば、死ぬはずだった三人の少女と俺を引き合わせたことだけなのだから。

「それで、こんな話をするために呼んだわけじゃないだろう。……俺からも聞きたいことがある。この世界について知らないことが多すぎる。まともに世界を救わせたいなら情報を渡せ」

蛇魔族ミーナの出会いから感じ続けていたこと。

あまりにも俺はこの世界に対して無知だ。

ルールを知らなければ、ゲームに勝てるはずもない。

「えええええ、やですよ。意地悪で言ってるんじゃないんです。ルールを教えるって、めっちゃ運命リソース食いますよ。それこそ他の何もできなくなるぐらいに」

「なのに、三人のことはぺらぺらしゃべったのか？」

「ああ、あれは良いんですよ。だって、あなた、自分で気付いてたじゃないですか？　おかげでプライスレス！」

舞台装置と言い放ったのにふさわしい、感情がない目が俺を見通す。

たしかにそうだな。

三人との出会いが女神に仕組まれたものだったということも、俺と出会わなければ三人が死んでいたことも想像がついていた。

「なら、言えることを言え。ここに呼ぶのだってリソースを使ったんだろう。おまえが装置なら意味があることしかしないはずだ」

「ぴんぽーん、そのとおり。あなたの今までの功績は世界を救うに値するものだと上が判断しまして、あとよそから棚ぼたも追加。よって、使えるリソースが増えたんです。それで、近いうちにご褒美が与えられますので、ちゃんと受け取ってください。これを言うために呼びました」

「……その内容を言うことはリソースを消費するから言えない。そして、わざわざこの場にリソースを使って呼んだということは、忠告しなければ見落とす類のものだということか」

女神がにっこりと微笑《ほほえ》む。

正解のようだ。

そこまでするとは、よほど大きなご褒美らしい。

「わかった。必ず受け取る……この世界を救いたいのは俺も一緒だ」

ルーグ・トウアハーデとして生き、積み上げたものを心の底から愛おしんでいる。

それに、俺を愛し育ててくれた両親、好きになってくれたディア、タルト、マーハ。三人を失いたくない。

「ええ、では頑張ってください。もう、あなただけが頼りですからね」

「もう、あなただけが頼りか……それは重大な情報じゃないのか？　それを言ったことでリソースを消費したなら、俺は許さない」

それは俺以外の転生者が複数存在し、さらに死亡したという情報だ。

転生時に俺以外の転生者がいないと言ったのは嘘《うそ》なのか、あるいは俺が転生してから増やしたのかは気になるところだが。

「大丈夫ですよ。だって、あなた知ってるじゃないですか。目立ちますからね、チート持ちで、前世の知識で俺TUEEEを軽い気持ちでやる馬鹿は。でも、それで目をつけられて人間に殺されりゃ世話ないですよ。ああ、リソースがもったいない。まっ、死んでくれたからこっちに回せるんですけどね。でも、女神的には投資の基本は分散投資なんで、一本化は良くないと思ってたり」

女神の言う通り、転生者らしい存在は知っていた。

そういうことをしている人物は目立ち、オルナの情報網に引っかかりやすい。

直接会って協力を申し出たこともあるが、なぜか協調性のない人間ばかりで突っぱねられてきた。

そして、現時点で全員が破滅していることも把握している。

女神によってこの世界に転生した人間はスペックが高い。

だが、あくまで人間の枠内でしかなく、わずかな油断で命を落としてしまうのだ。

「さて、夢の終わりです。起きたら可愛《かわい》いマーハちゃんと朝チュンしてくださいね。ではでは～、女神の神託終了。ああ、疲れた。もう今日のお仕事は終わり、スパセン行って、そのあとはドラマ見ながら一杯っと」

そうして白い部屋が歪《ゆが》んでいく。

女神のご褒美はいったいなんだろう？

ある程度考察し、仮説を立てておかなければならない。でなければ、きっと取りこぼしてしまうだろうから。

Episode16

第十六話　暗殺者は恋の魔法を解く

The world's best assassin, to reincarnate in a different world aristocrat

体を起こすと隣でマーハが眠っていた。

安心しきって緩んだ顔で、こういう顔を見るのは一緒に暮らしていたころ以来だ。

彼女の場合、いつもびしっと決めていて隙を見せることが少ないため、こういう姿を見ると微笑ましく感じる。

「……タルトもディアもマーハも俺に会わなければ死んでいた、か。わかっていたとはいえ、直接言われるとくるものがあるな」

そういう運命と言ってしまうのは簡単だが、そう割り切れるような人形ではなくなってしまった。

俺がこの世界に転生したのは暴走するエポナを止めるため。

だけど、マーハの寝顔を見ていると、彼女たちを救うために転生したと思えてしまう。

「おはよう、ルーグ兄さん」

マーハが眠そうに目をこすりながら、目を覚ます。

よっぽど疲れたのだろう。

最初はマーハの好きにさせたが、後半は俺がリードした。

思った通り勉強だけじゃ限界があって、そのことをマーハは悔しがっていた。

そして、負けずぎらいのマーハはこういうことも必死に勉強しようとしておかしかった。

「おはよう、マーハ。体は大丈夫か？」

「大丈夫じゃない。……ルーグ兄さんの意地悪」

ジト目で見てくる。

初めてなのに、ちょっと乱暴にしすぎた。

愛おしすぎて、理性が飛んでしまった。

「悪かった。茶を淹《い》れるよ」

「だめ、それは私がやるわ。ルーグ兄さんのお茶を淹れるのは、私にとっていちばん大事な仕事だから」

「そうだったな」

三人で住んでたころ、家事のほとんどは専属使用人であるタルトの仕事だったが、茶を淹れるのはマーハの仕事だった。

マーハは立ち上がり、部屋着を羽織るとそのままキッチンのほうへ行く。

キッチンを備え付けているのも高級宿の特徴。普通の宿だと各部屋にそんなものを用意しない。

お茶のいい匂いが漂ってくる。

ノックの音が聞こえ、ドアの下のほうからバスケットが差し入れられる。

宿の朝食サービス。いいタイミングだ。

マーハは茶をこちらに持ってくるのと合わせて、バスケットを回収してきた。

「朝食にしましょう」

「そうだな、昨日は運動して腹が減っているんだ」

「ルーグ兄さんって、普段はかっこいいのにたまにそういうおじさん臭いこと言うわよね。セクハラよ？」

おじさん臭いだと……ちょっと傷つく。

「気を付ける」

「ええ、そうして。ルーグ兄さんにはだれよりかっこよく居てほしいの」

マーハが微笑《ほほえ》して、俺も微笑み返す。

茶をいただく。相変わらず、マーハのお茶は隅々まで心配りができている、安らぐお茶だ。

そして、サンドイッチ。

……驚いた、あまり期待してなかったがそれなりに美味《おい》しい。

「これ、マルイユのパン使っているな」

「よくわかったわね。中の具材も高級品よ。この宿、上流階級御用達《ごようたし》なのよ」

マルイユとは、街でも有数のパン屋でムルテウに住んでいたころは通っていた。

しかも、このパンは今朝焼いたものを届けてもらっているようだ。なるほど、さすがはマーハが選んだ宿だけある。

この宿のことは覚えておこう。

「ふう、お腹《なか》が落ち着いたし、お仕事に戻るとするわ……実は、伝えないといけないことがあったの」

そう言って、マーハは書類の入った封筒を渡してくる。

それにさっと目を通す。

「これは……怪しいな」

「ええ、とても怪しいわ。現地の課報員《ちょうほういん》には追加調査を命じているところよ」

マーハの資料にはここから北西にある街、ビルノルというそれなりに大きな街で起こっている異常について。

最近、地震が頻発している上、行方不明者も一ヶ月で十数人出ている。

それだけじゃなく、俺の通信網に使っているラインが切れた。

あの、タルトが俺の作ったナイフを振るい、魔力で強化した状態でも切れなかった代物がだ。

　現状、あそこの通信網はリング構成にしてあり、片側が切れても逆回りで通信が可能なため困っていないが、あんなものが切れてしまう事自体が異常。

　行方不明者がでていることも合わせて、何かが起こっている。

「魔族かもしれないな。それも、それなりに頭が良いやつだ」

「どういう事態を想定しているの？」

「兜蟲《かぶとむし》と獅子《しし》、肉体派魔族を立て続けに殺しただろう？　だから、魔族は警戒し絡め手を使うと読んでいた。今回の件で考えられるのは秘密裏に大量虐殺の準備をしておき、時が来れば一瞬で街の人間を皆殺しにする。そして、【生命の実】を作ったあとは厄介な奴《やつ》がくる前に逃げる。そう考えている」

　もう少し情報がないと推測の域をでないが、例えば街の地下を予《あらかじ》めほとんど空洞にして、一気に崩落させる……そういう手を使えば今は地震が頻発するし、ラインが切れてもおかしくない。そして、いざというときは街の住人たちを一瞬で皆殺しにできる。

「そうね。兜蟲魔族の件を見る限り、殺し終えてから【生命の実】ができるまで数日の猶予がある。でも、街の人を一瞬で皆殺しにできるなら、こちらが事態を察知して、駆けつけるまでに全部終わらせられる……そう考えるかもしれないわ」

　そう、普通なら事件が起こる→調査をする→対応できる人間に連絡をつける→対応する人間が駆けつけると、どうあがいてもそれぞれの工程に数日かかってしまう。

もし、俺の想定したとおりのことを魔族が準備していたのなら、為《な》すすべもなく【生命の実】を抱えて逃げられただろう。……そう、俺以外なら。

「つくづく通信網は優秀だと思うよ」

しかし、俺だけはその常識外にいる。

この国で何かあれば、即座に通信網で察知し、飛行することで即日中に駆けつける。

いかに魔族とはいえ、そのことは知らないはずだ。

だからこそ間に合うことができる。

「それと、どうしても気になっていることがあるのよ」

「言ってみてくれ」

「どうして、魔族はアルヴァン王国にしか現れないのかしら？　戦いを避《さ》けるなら、勇者とルーグ兄さんがいない国を狙うほうがよほど安全でしょう？　オークに兜蟲に獅子、三体もの魔族が立て続けにこの国を狙ったわ。そこに、今回の異常を本当に魔族が起こしているなら四体目よ？」

「それは俺も疑問に感じていたんだ。魔族の目的が勇者を誘い出して殺すためだからこそ、あえてこの国ばかりを狙っていると思っていた。過去にあのオーク魔族は明確に勇者殺しを目的にしていると口にした。だけど、今回のように勇者や俺と遭遇しないようにしているにも拘わらず、この国に現れるのはおかしい」

過去の文献を見る限り、一国だけが襲われ続けるなんてことはなかった。

だからこそ、周辺諸国はアルヴァン王国に、有事は勇者を貸し出す約束を取り付けようとしている。

魔族と魔王の出現は数百年刻みに行われる災害であり、各国それぞれノウハウはある。

その各国が自国が襲われた際の備えをしているのだから、魔族はどこの国でも襲えるはず。

なのに、そうしようとしない。

つまり、今回だけのイレギュラーが存在しており、何かしらの理由でアルヴァン王国以外を狙えないということ。

「手持ちの情報だと材料が足りないな。まずは情報を集めつつ、目先の問題に対処する。

……ありがとう。この書類があれば、いろいろと動ける」

魔族のことは魔族に聞くのが一番早い。

幸い、その心当たりはある。

「力になれたなら良かったわ。私はシャワーを浴びたらオルナに戻るわ。昼から大事な会議があるの」

「忙しいな」

「そうね。でも、それが私の役割だから。とても大変だけど、あなたの力になれることを誇らしく思っているの」

そう言ってシャワー室へ消えていった。

……いい女だ。

改めてそう思う。

さて、俺は俺の仕事をしよう。

◇

あれから俺はトウアハーデに戻っている。

魔族らしきものが暗躍している街の調査をさせつつ、蛇魔族ミーナへの接触を試みていた。

そのほか、いろいろと後始末を終わらせているところだ。

「ルーグ様、お疲れさまです」

「また、引きこもっているんだね」

「二人共、今日の訓練は終わったようだな」

こくりとタルトとディアが頷《うなず》いた。

俺が出発の際に与えていた宿題の最終調整を二人は行っている。

「ルーグは何をしているの？」

「ああ、今は裁判で役立ってくれたフラントルード伯爵へのアフターフォローだ」

「あっ、それだよそれ。女装したルーグのこと好きになっちゃったんでしょ。どうするの？」

「ルーとしての手紙を届けているんだ。領地に無事帰れて、あなたに会いたい。二ヶ月後に王都へ行くから待っていてってな」

その手紙は、女性らしき筆跡で書いてある。

こういうのも暗殺者の技能だ。

「それって、ただの時間稼ぎだよね」

「それで十分なんだ。二ヶ月の間、手紙のやり取りを何度か行う。……そのやり取りで、ルーの言動や好み、習慣を微妙にフラントルード伯爵の理想から外していって、どんどんフラントルード伯爵の思い描いた理想の女とのずれを大きくする。賭けてもいいが、二ヶ月経《た》つ頃には恋は覚めている。あとは、直接会ってちょっとしたきっかけを演出すれば、二人の恋はおしまいだ」

ルーのほうから一方的に振ると、フラントルード伯爵は自暴自棄になりかねない。

だから、まず時間を作り、少しずつ少しずつルーへの思いを歪《ゆが》めていくのだ。

そして、最後には向こうから振らせる。

「けっこう、面倒なことするね」

「彼はよく働いてくれた。その礼も兼ねて一番綺麗《きれい》な終わらせ方をしてやるんだ。その恋が終わったことに安心するような、何も残らない終わり方だ」

人の心とは、移ろいやすい。

ましてや、ルーとフラントルード伯爵の間に生まれた恋は、ドラマチックに演出された一過性のものだ。

お互いのことをろくに知らず、知らなかった部分を知っていくことで理想の相手ではないと気付いていき、理解することで相手への興味を失う。

「今のルーグ様、ちょっと怖いです……あの、私はルーグ様に冷たくされても、ずっとルーグ様のことを好きでいますから」

「タルトって心配性だね。今言ったこと、自分がされるかもって思ったんだ」

「あの、その、ルーグ様が私を捨てるなんて、思ってないです。ただ、ちょっとだけ怖くなって」

「そんなに慌てなくていいさ。こうやって人の心を弄ぶ奴が怖いのは当然の感情だ……こういうことを二人に話しているのは俺なりの甘えだよ。おまえたちならそんな俺を受け入れてくれると信じているから話せる」

ただ、好かれたいだけなら、裏の顔を見せない。

それでも見せるのは二人のことを信じているからであり、ルーのことで心配してくれている二人に大丈夫だと伝えるため。

「はいっ！　大丈夫です」

「そんなことで嫌いになるなら、初めっから好きになってないよ」

「そうか」

俺は微苦笑し、手紙を書き終える。

それを伝書鳩《でんしょばと》の足にくくりつけた。

この伝書鳩はトウアハーデのものではなく、フラントルード伯爵がルー宛に贈ったもの。愛を運ぶためにプレゼントした伝書鳩が別れをもたらすなんて彼は思ってもいないだろう。

白い鳩が羽ばたき、空へと舞い上がっていく。

これでフラントルード伯爵の件は終わり。

ごほんっと咳払《せきばら》いをする。

「タルト、ディア、明日は宿題を提出してもらう。そのつもりで居てくれ」

次は俺が居ない間に彼女たちが得た新しい力、それをしっかりと見せてもらうことにしよう。

Interlude

幕間

The world's best assassin, to reincarnate in a different world aristocrat

動きやすい服装にかえ、ディア、タルトを連れてトウアハーデ家が所有している裏山に来ていた。

通常の訓練であれば、屋敷の中庭や訓練場を使うのだが、広いスペースが必要な場合だったり、周囲への被害が大きくなる場合はここを使う。

とくに新魔法の実験などではお世話になっており、もとは木々が生い茂った森だったというのに荒野に変わっていった。

「二人とも、俺が与えた宿題はやったんだな」

「ルーグ様をびっくりさせようと思ってがんばりました！」

「ばっちりだよ」

二人には自信と期待があった。

タルトもディアも、なぜか褒められるのが好きだ。それも子供にするような褒め方を好む。

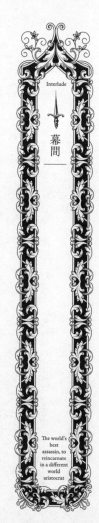

ある程度の年齢になれば、そういうのを恥ずかしがるのだが……彼女たちには関係ないようだ。

「じゃあ、タルトのほうから見せてもらおうか？」

「はいっ、やりますね」

タルトがぎゅっと握りこぶしを作り、気合いを入れるとぴょこっと、キツネ耳ともふもふのキツネ尻尾が生えた。

相変わらず可愛らしい。

そして、その可愛らしい姿とは裏腹に、野生の肉食獣が持つ殺気が周囲に満ちる。

【獣化】。勇者の力、【私に付き従う騎士たち】によって俺が与えられたものを、さらにタルトへと与えたもの。

爆発的な身体能力の向上と、五感の超強化を得られるタルトの切り札。そして、その代償として獣の本能に引きずられてしまう。

以前までのタルトは、その本能に抗《あらが》えなかった。

だが……。

「目を見ればわかる。瞳に知性がある」

攻撃的な雰囲気ではあるものの、ちゃんとタルトらしい目をしていた。

「はいっ、言われたとおり、なるべくたくさん【獣化】を使って、その間、ずっと自分を鎮めようとあがきました。最初は全然だめでしたけど、ちょっとずつ、ちょっとずつ慣れてきたんです」

「なら、テストだ。タルトの得意魔法、【風盾外装】を使ってみよう」

【風盾外装】、それは風の鎧を纏《まと》う魔法。

まとった風は防御になり、留《とど》めた風を放つことで加速にも使える、攻防一体の魔法。非常に使い勝手が良い魔法で俺もよく使う。

かなり難易度が高いオリジナル魔法でもある。

「見ていてください。【風盾外装】！」

何千、何万回も詠唱をこなしただけあって流暢《りゅうちょう》な詠唱、よどみなく魔法が発動する。

タルトを中心に風が巻き起こり、その風がタルトを包んだ。

「完璧だな……慣れた魔法とはいえ、その難易度の魔法を【獣化】で使えるなら、たいていの魔法は使える」

「試してみました。ルーグ様に教わった魔法で使えない魔法は、二つだけです」

二つと聞けば、中身を聞かなくてもわかる。

タルトに与えたオリジナル魔法の中でも飛び抜けて難しいもの。平時のタルトですら三回に一回成功するかどうか。

それらが使えないのは【獣化】うんぬんよりも技量の問題だ。

「よくやったな。難しい課題だったのに」

タルトを抱き寄せる、タルトは風の鎧を解いて俺に身を任せ甘えてくる。そんなタルトの頭を撫《な》でてやる。

「えへへ、大変でしたけど、ルーグ様の力になれるって考えたらがんばれました」

タルトに与えた宿題、それは【獣化】を制御すること。

今までのタルトは、一度【獣化】すると本能に任せて暴れることしかできなかった。視野が狭まり、直情的な攻撃一辺倒。魔法も簡単なものしか使えず、タルトの良さを消していた。

【獣化】による強化は凄《すさ》まじく、それらの欠点を差し置いても十二分に強い。だが、本物の強者と戦うときにはその欠点が露呈する。

攻撃だけではだめだ、守り、欺き、逃げる。相手が強ければ強いほど戦略が必要となる。そして、戦略の幅を広げるためには複数の手札がいる。

それは鍛え上げた槍術《そうじゅつ》という技術、隠し持った拳銃による射撃、俺とディアが与えた魔法の数々などなど。

力と技、両方揃《そろ》わねば勝てない相手といずれ必ずぶつかる。

（そのベンチマークとして、高度な魔法を【獣化】状態で使えるようになることを課題とした）

あれだけ難しい魔法を使うには己を保つ必要がある。理性で動けている証拠だ。

「合格だ、約束していたご褒美を用意するよ」

タルトとの抱擁をとき、少し距離を取って肩に手を載せて、俺はそう言った。

「はいっ、とってもとっても楽しみです」

タルトの要求してきたご褒美は少し意外だったが、これだけ期待に目を輝かしているのだから、とくに何かを言う必要はないだろう。

タルトは【獣化】を解くと、後ろに下がり、その代わりディアが前に出てきた。

「次は私の番だね。私の研究成果をお披露目《ひろめ》するよ」

いつにもまして、ディアがドヤ顔だ。ディアの場合、そのドヤ顔が最高に可愛《かわい》い。

「まさか、本当にできているのか。無茶《むちゃ》振りしたと思っていたからな」

「ああ！　やっぱりそうなんだ。ほんっとうに大変だったんだからね！」

ディアが頬《ほお》を膨らませた。

そんな姿すら可愛《かわい》くて、怖さよりもおかしさが勝る。

「悪い、悪い、やっぱりディアはすごいな」

「お姉ちゃんだからね。これが改良した魔弾だよ」

それは俺たちが使う拳銃の弾丸だ。

【銃撃】の魔法を行う場合、筒内に弾丸を生成し、爆発魔法を起こして弾丸を吐き出すが、予《あらかじ》め作り持ち歩いている拳銃の弾丸は事前に作っている。

ディアから受け取った弾丸の表面には魔力文字が刻まれていた。

【鶴皮の袋】を解析して得られた情報をフィードバックして作った魔道具。

その性質は魔法を込められること。

「ほう、試作品をだいぶ弄《いじ》ってるな」

「いろいろと間違ってたからね。実物がなくてとっても苦労したよ」

出発する前に、ディアには試作品の弾丸と俺の研究成果をまとめた論文、試作品のテスト結果を渡していた。

彼女の言う通り、解析対象である【鶴皮の袋】を渡したほうが良かったのだが、あれがなければ裁判に勝てなかった。

よくよくディアの改良した弾丸を見ると、俺の理論、つまり道具作りに落とし込む前段階の部分が間違っていたと気付く。

参ったな、これではどうやっても完成に至らないわけだ。

「一つ聞いていいか？　どうして【鶴皮の袋】の実物がないのに論文の間違いに気付けたんだ？」

解析に使った実物がないのに、それを元にした論文の誤りに気付くなんてことは本来ならありえない。

「そんなの簡単だよ。論文のことここ、なんか気持ち悪いもん、他はきれいに筋道通っているのに、ここだけ変。なんて言えばいいかな、音楽じゃなくなってる。だからね、うまく流れていくようにしたんだよ」

「この天才は……」

ディアが規格外の天才だというのはわかっていたつもりだ。魔法の規則性、術式の発見・開発では常にディアは俺の上を行った。プログラムという概念を持ち、ウィザード級のハッカーだった俺が気づけないものにすら気付く。昔からディアは気付きがずば抜けていた。

おそらくではあるが、俺が文字として見ているものを音のように感覚的なもので捉えている。

努力ではどうにもならない、天賦の才能。

「試していいか」

「どうぞどうぞ、きっとびっくりするよ」

こくりと頷き、弾丸を握りしめて魔法を詠唱する。

その弾丸を拳銃に込めて、射撃。

目標である二百メートル先の大岩に着弾。

その数秒後、大岩の内側から爆発が起こり、粉々に吹き飛んだ。

「完璧だ……弾丸に込めた魔法が発動した」

「当然だよ。すごいでしょ」

「すごいなんてものじゃない」

行き詰まって完成しなかったものをディアがわずか一週間程度で完成にもっていってしまった。

そして、この弾丸の有用性も凄《すさ》まじい。

魔法の弱点、それは射程にある。爆発魔法の場合、せいぜい数十メートル。精度度外視で百メートル先を狙うのがせいぜい。

しかし、弾丸に魔法を込められるなら数百メートル先にだって届けられる。今、大岩を砕いたように内側から魔法を炸裂《さくれつ》させられることも巨大なアドバンテージ。

強力な手札になりえる。

「お姉ちゃんのこと尊敬した？」

「もちろんだ」

「言葉だけかな？」

ディアが距離を詰めて、上目遣いをしてくる。

俺は苦笑して、タルトにしたように抱きしめて、頭を撫でてやる。

「口癖のように、お姉ちゃんと言う割にこういうの好きだよな」

「それはそれ、これはこれ。お姉ちゃんとしては尊敬されて、頼られたいし、恋人としては思いっきり甘えたいんだよ」

「そっか。なら、そうしよう」

俺はディアのことを尊敬しているし、甘やかしたい。需要と供給の一致だ。

「あとね、ご褒美、忘れないでよ。それが楽しみで、何日も徹夜したんだからね！」

「そこまで頑張ってくれたんだ」

「そうしないと終わらない宿題出したのはルーグだよ！」

「違いない」

なにせ、本当にできたことに驚いていたぐらいだ。

(二人ともすごいな)

タルトもディアも難題をしっかりとクリアして力を身に付けた。

その頑張りにご褒美で報いてあげよう。

そして、俺自身も成長しなければ。彼女たちに誇れる自分であり続けるために。

Episode17

第十七話　暗殺者は崩落の街へ向かう

The world's best assassin, to reincarnate in a different world aristocrat

ビルノルで問題が発生した。すぐに現地に向かわなければ。

「定時連絡がこない」

地震が多発している街ビルノル、そこにいる諜報員《ちょうほういん》に必ず定時連絡をするように指示をしていた。

定時連絡を義務付けておけば、何も連絡がこない＝異常が起こったと気付ける。

「本当ならもっと情報を集めてから動きたかったんだがな」

とくに蛇魔族ミーナから情報を得られなかったのが痛い。

聖地において、アラム・カルラから最低限の情報を得てはいる。もともと魔族は八体しかおらず、うち四体は存在が判明し、残り四体しかいない。

現状わかっている情報でも、ある程度の特定はできる。

とはいえ、所詮伝承レベルで曖昧だ。……ミーナならより明確な情報を提供できただろうに。

ミーナが見つからなかったのは偶然か、それとも意図的に情報を渡すつもりがなかったのかもわかっていない。

「……俺の取れる手は二つか」

一つ、情報収集を続け、勝てると判断するまで動かない。

二つ、今すぐにビルノルに向かい魔族を探す。

どちらにもメリット、デメリットが存在する。

情報収集を続行すれば、勝算を高めることができる。しかし、情報を集めるまえに【生命の実】が完成し、魔族が逃げてしまうかもしれない。

逆に今すぐビルノルに向かう際のメリットは【生命の実】の完成を確実に妨害できること、ただし敵を知らずに挑むのはひどく危険だ。

「なら折衷案しかないな」

ただちに現地へ向かう。

ただし、魔族が居たとしてもすぐに手を出すことはしない。

状況を見ながら、情報を集める。

それが一番だろう。

◇

朝食を食べたあとに、すぐに旅支度をタルトとディアに命じた。

二人は驚いた顔をしたあと、頷《うなず》いてそれぞれの装備を整えている。

タルトはいつもの三分割された折りたたみ槍《やり》ではなく、俺が作った魔槍を装備しているし、ディアも入念に拳銃を整備していた。

準備ができ次第、ハンググライダーで空を舞う。

「今度の魔族、どんなのかわかってないんだよね」

「ああ、だからまずは俺が斥候する。二人は離れたところで隠れていてくれ」

『はい、そういうのはルーグ様の得意分野ですから。今回の魔族は弱いといいですけど』

タルトは例によって自分で飛べるため、通信機で連絡をしている。

今回、俺一人で斥候するのは、それがもっとも気付かれにくいというのもあるが、それ以上にいざというとき逃げやすいからだ。

魔族に見つかる＝戦うというわけじゃない。勝算が見えなければ逃げることも視野にいれている。

「弱いかどうか以前に、そもそも魔族だと決まったわけじゃない……空振りだといいんだがな」

心の底からそれを願う。

例えば、先日戦った獅子《しし》の魔族。あれと事前情報一切なしに戦っていたら、勝てなかったかもしれない。

事前に情報を得て、徹底的な準備をしたことでようやく勝ちを拾えた。

あの獅子のことをミーナは魔族でも随一の強さと言ってはいたが、それは他の魔族が弱いということではないのだ。

「えっと、そろそろだよね。さっき、バルヤの街を通過したし」

「ああ、もう見えてきてもおかしくないんだが」

トウアハーデの瞳に魔力を集中し、視力を強化する。

そして、絶句した。

たしかに街はあった……しかし、それはもう街と呼べるものじゃなくなっていたのだ。

『ひどいです。なんで、あんな』

「こんなの嘘《うそ》だよ。街が沈んでる」

ディアの言う通り、街が沈んでいるとしか言えない光景が広がっているのだ。

数千人が住んでいる巨大な都市が、まるごと落とし穴に落ちた、そうとしかいえない惨状。

深い、深い穴だ。なにせ、この街最大の塔ですら穴から顔を出していない。

空から観測した限り、百メートル以上掘られた冗談のように深い穴。

建物の破損ぐあいから見て、一瞬で落ちている。

おそらく、住人すべてが即死。

なんてむごい。

「……もっと早く知れていれば防げたかもしれない」

「そういうこと言っても仕方ないよ。防げなかったけど、気付くことはできたことを喜ぼう」

「そうだな」

通信網があり、定時連絡を義務付けていたからこそ気付けた。

もし、そうしていなければこの街から情報を発信することができず、初動が数日遅れていた。

そうならなかった時点で最悪ではないのだ。

◇

ハンググライダーを着陸させ、俺だけがまずビルノルだった瓦礫《がれき》の山に向かい、風を操ることで巨大な穴にゆっくりと降下する。

……ひどい臭いだ。

まだ腐敗はしていないが、潰れた人間の中身がそこらかしこにぶち撒《ま》けられている。

住民たちにとって、せめてもの救いは即死だったことだろう。

気配を消し、音を消して歩く。

だが、それでも気付かれる危険性は高い。

地中に住む生物の多くは、振動を感知する能力に長《た》けている。

音を立てずとも、穴の中を歩く以上、振動は隠しきれず、地面を伝う揺れを感じ取られてしまうかもしれない。

一応、それを警戒して風でクッションを形成しているが気休めだ。

「なるほど、【生命の実】を作るとはこういうことか。……魂そのものを喰《く》らうなんて馬鹿げてる」

トウアハーデの眼《め》は限界まで力を高めると魂すら観測できる。

通常、人が死ねば魂は天に帰っていき、女神いわく、漂白してから新しい器へと宿す。

俺の転生は、その漂白をあえてしないことで知識と経験を残したもの。

しかし、ここでは魂すべてが地上に繋《つな》ぎ止《と》められて天に帰ることは許されず、徐々に溶けて、どこかへ流しこまれていた。

「兜蟲《かぶとむし》のときは勘違いしていたな」

あのときは【生命の実】を作るため人体の栄養と魔力を吸っているのだと判断した。

たしかに兜蟲魔族の狙いはそこにあったのだろうが、それは【生命の実】を作るためではなかったようだ。

【生命の実】に使用するのは魂であり、やつはそのあまりを再利用して樹《き》の化け物を増やしているだけに過ぎなかった。

そして、魔族たちがいかに人間、いや、世界にとって害がある存在かを再認識する。

通常死んだとしても魂は廻《まわ》る。つまり、魂の数は減らない。

だが、こうして溶かされて加工された魂は二度と転生などできはしない。

世界に存在する魂の数がどんどん減っていく。女神たちがわざわざ面倒なことをしてまで再利用しているのだから、そう簡単に生み出せるものでもないのだろう。

「だからこそ、魔王の復活に必要なのかもしれないな」

魔力とは魂が生み出す力だ、魂そのもののほうが力は強く、幾千もの魂を使い潰して凝縮した力は想像を絶するものだろう。

それこそが魔王が絶対的強さを持つ所以《ゆえん》だと考察できる。

……ああ、そうか、そういうことか。

ここまで思考を巡らせることで一つの仮説に行き着いてしまった。

勇者の力の正体について。

これまでも魔族の言葉の端々にヒントはあったのだ。

『あれが人間であるはずがない』

『存在そのものが違う』

『あんな化け物とまともに戦えない』

魔族からしても勇者は異質、それは単純に強さを意味しているわけじゃなく、存在の根本が違ったのだ。

つまり、俺も魔族も結局は一つの魂を持つ生き物でしかないが、勇者は本質的には魔王と同じで、何千もの魂を圧縮して生まれた存在。

だとすれば、女神たちが一つの時代に一人しか生み出せないのも理解できるというものだ。そんな存在を生み出し続ければ、魂が枯渇する。

脳内で今までの答えがすべて繋《つな》がっていく。考えれば考えるほどその仮説が正しいと思えてくる。

「ケラケラケラケラケラケラケラケラケラケラ」

そんな俺の考えを甲高い笑い声が無理やり中断する。

不快な音だ。

これはなんだ?

「僕の巣でまだ生きてる。不思議、不思議、生きてる、生きてる、でも駄目、逃さない」

溢《あふ》れ出した圧倒的な魔力と瘴気《しょうき》の気配、これは魔族特有のもの。

地中から、無数のピンクに滑った触手が顔を出す。その一本一本が俺より太く長い。
そんな触手の汗腺が開き、ピンクの霧を吐き出し、穴の中に充満していく。
……この霧、やばい、吸ってしまえば即座に終わりだ。
「まずは地上に出ないとな」
情報収集は大事だが、生き残ることを最優先しなければ。
この霧に対処しながら地上に出る一手を早速用意するとしようか。

Episode18

第十八話　暗殺者は地中竜の洗礼を受ける

The world's best assassin, to reincarnate in a different world aristocrat

俺を取り囲む、粘液に包まれた無数の触手、それ一本一本が巨大なミミズのように見える。

危険なのがそいつが吹き出しているピンク色の霧。

その近くにあった死体どころか石すらどろどろに溶け出している。

しかも、空気より比重が重いのか、この穴の中を満たしていき、逃げ場が潰されていく。

いくら暗殺者としての訓練で幼い頃から毒を摂取し、耐性をつけてきたとはいえ、魔族が生み出す毒を吸って無事で済むとは思えない。

詠唱を始める。

風を巻き起こし、ピンク色の霧を吹き飛ばす。

「だめだめだめ、だめだよ、暴れてもむだむだむだ。僕はちゃんと見てるから」

その言葉と同時に、触手たちが襲いかかってくる。

速い。

一本一本が達人が振るう鞭《むち》のよう。達人が振るう鞭の先端は音速を超える、この触手は
それ以上の速さで複雑かつ有機的に動く。
何より、圧倒的な質量。
曲線的な動きを見切るのは難しい。
しかし……。
「なんとかしてみせるさ」
トウアハーデの瞳に魔力を注ぎつつ、体捌《たいさば》きだけでなく風を使っての回避。
曲芸じみた動きで躱《かわ》していく。
そして、ナイフを投擲《とうてき》。
ナイフが触手の一本に突き刺さる。
俺の体より太い触手だ。ナイフが突き刺さったぐらいでは何の痛痒《つうよう》もない。
だが、これはただのナイフじゃない。
突き刺さったナイフが爆発し、触手を根本から吹き飛ばす。
これはワスプナイフを俺なりに改良して作り上げた兵器。
突き刺さったナイフが爆発しているのではなく、ナイフが突き刺さると先端からガスが
吹き出し、対象の内側から爆発を引き起こす仕組み。
生物相手には極めて有効。

暇つぶしに開発していたおもちゃだが、こういう相手には最適だ。
少しは痛痒を感じてもらえるといいのだが……。
「そうなるよな」
悲鳴も怯《ひる》みもなく、残った触手が次々に攻撃をしかけてくる。
そして、当然のように根本から吹き飛ばした触手は再生する。
舌打ちと共に、俺は風を操り高度を上げる。
……端的に言って打つ手がない。
あの触手と遊んでいても有用な情報を得られはしない。撤退するべきだ。
高く跳び、そのまま風の力で上昇する。
この魔族は、俺たちにとって鬼門。あの獅子《しし》魔族より数段厄介かもしれない。
しばらくすると触手が届かなくなった。
しかし、油断はしない。
あっさり、逃してくれるわけがないのだ。
「ケラケラケラケラケラケラケラケラケラ」
特徴的な笑い声が響き、地面が揺れる。崩れた建物が折れるほどの大地震。
そして、それが現れた。
茶褐色の芋虫、そうとしかいえないうす気味悪い巨体。その全長は優に百メートルを超えていた。

口元では、俺を追い詰めたピンクの触手がうごめいている。

その巨体でありながら跳躍を見せる。それも凄《すさ》まじい勢い。

なんて大きさ、まるで高層ビル。

このままでは追いつかれる。

迎撃にファール石？　いや、近すぎる。この距離では俺も爆発に巻き込まれ無事では済まない。

少々もったいないが、アレを使う。

「【砲撃斉射《フルファイア》】」

【鶴皮の袋】から、一気に砲を取り出し、斉射。

本来地上でスパイクによって固定しないと反動で吹っ飛ぶような代物。

磁気固定を使用するが、俺の魔力では数十の砲撃の反動を抑えきるのは不可能。

反動を抑えきれず砲身が跳ねあがる、それでも狙った方向には砲弾が飛んだ。

最低限としか言いようがない精度だが、真下に照準を定めて、相手の図体《ずうたい》がこれだけでかいが故に当たる。

砲撃の雨が肉を穿《うが》っていく。

「ケラケラケラケラ」

肉を穿たれながらも、まっすぐに突っ込んでくる。

傷口の肉がうごめいて、そこから口にあるような触手が伸びていく姿はおぞましい。

ダメージは与えられなかったが、砲撃の圧倒的な運動エネルギーで相手の速度は落ちた。

これなら逃げ切れる。

しかし、もっとも長く伸びた触手、その触手からさらに細い触手が伸びて俺の足に巻き付いた。

触手の粘液が滴り、魔物の皮膜で作った戦闘服ですら溶け始めた。

もし、普通の服なら一瞬で溶けて、俺の足は骨まで溶かされていただろう。

身にまとっていた風の鎧《よろい》をほどき、その風をすべて推進力に変えて爆発的な加速。強引に細い触手を引きちぎった。

なんとか、穴から這《は》い出《だ》し、地面に着地。

地面から穴を睨《にら》むと、茶色の芋虫も穴から飛び出し、体を宙に躍らせたところだった。

それはまるでクジラの宙返りのような動きで、最高点まで達するとそのまま落ちていく。

「ケラケラケラケラ、残念、残念、また遊ぼ。帰る帰る」

数秒後、あの質量が地面に叩《たた》きつけられたことによって、大地が悲鳴を上げて揺れる。

そして、嘘《うそ》のように静寂が戻った。

……あの穴に入った生き物は皆殺しにするようだが、穴からでたものには干渉しないらしい。

穴を覗《のぞ》き込むと、あの巨体が地中に消えていった。

控えめに言って。

「最悪だ。相性が悪すぎる」

あれに勝てる手を現状では思いつかない。

俺は足に巻き付いた細い触手を丁寧に解いて瓶詰めにした。

何かしらの情報が得られる可能性は十分にある。

◇

それからは穴に再突入することなく、タルトとディアと合流した。

穴に入れば、即見つかる上、あれともう一度戦ったところで、倒せないし、これ以上の情報が手に入るとは思えなかったからだ。

「ただいま」

「すごかったね。ここからでもあの大きいの見えたよ」

「おかえりなさい。あの、これどうぞ。レモネードです」

「ありがとう」

タルトからレモネードを受け取り、喉を潤す。

酸味と甘さが心地好い。

「それで、どう？　あれを倒す方法ってなにか見つかった？」

「それだが、現状だとほとんど手詰まりだ」

今までどんな魔族を見ても、それなりに攻略法を思いついてきたが、あれを倒す方法は考えつかない。

「だよね……だって、あれ。大きすぎて、【魔族殺し】が当てられないもん」

「そのとおりだ。全長百メートルを超える相手に対して、こっちの【魔族殺し】の射程は数メートルがせいぜいだ。赤い心臓の位置を特定する必要があるし、たとえ特定できたとしても体の中心部にあれば、そこまで届かない」

魔族がやっかいなのは、【魔族殺し】などを用い、存在の力、その中核たる紅《あか》い心臓を固定化して砕かなければ無限に再生すること。

しかし、あれだけでかいと紅い心臓まで届かない可能性が高い。

「あの芋虫さん、穴に潜ってるのも厄介ですね」

「ああ、地中にいつでも逃げられるのは辛いな。あのサイズだと動きを止めることもできない」

地中を動けるというのは圧倒的なアドバンテージ。

どれだけ追い詰めても、一瞬で仕切り直されてしまう。

また、防御力という点でも厄介。

たとえば、かつて兜蟲《かぶとむし》魔族にやったようにファール石による爆撃で燻《いぶ》り出すことも考えたが、地中深く潜られると威力は激減する。

神槍【グングニル】ですら、そうだ。

さらに、あいつは穴から出た俺を深追いしなかったのも不安材料だ。

俺たちを殺すことではなく、【生命の実】の完成を優先している証拠だ。命の危険を感じれば、すぐに地中へと逃げるだろう。

「そういえば、あれはなんの魔族なんだろうね」

「残り四体の魔族で該当するのは一種だけだな。あれは芋虫に見えて竜らしい」

「竜ってもっとかっこいいと思ってました」

「……まあな。だが、あのスケールのでかさはまさに竜だ」

地中竜。そう伝承には残っている。

かつても地の底から街そのものを飲み込んだらしい。

「あのさ、そのときどうやって勇者が倒したかとか残ってない？　だって勇者だって苦労するでしょ。穴の中に逃げ込まれたら困るもん」

「伝承によると、やつは勇者を食って土の中に帰っていったんだが、勇者は腹のなかから暴れて殺したらしい」

「それ、真似《まね》できるかもね。体内に入ったあとなら別に土の中に逃げられても構わないし、紅い心臓に【魔族殺し】が届くよ」

「そうだな……ただ、やつは石すら溶かす毒霧を撒き散らかしていたんだ。そんなやつの体内に入るのはぞっとするな」

「うっ、一瞬で溶かされちゃいそうだよ」

とはいえ、このままじゃ本当に手詰まりだ。

伝承をヒントにするという方向性自体は正しい、あれが地中竜だという確証もとれた。

そう言えば、勇者は苦戦し、敗北を覚悟していたが、嵐が吹き荒れると途端に地中竜の動きが鈍ったとあった。

嵐に何かあるのか？

「……試してみるか」

「どうしたのルーグ、ファール石なんて取り出して」

「諦める前にちょっと嫌がらせをしてみようと思ってな」

こんなものただの思いつきにすぎないが試す価値はある。

ちょうど瓶詰めしたやつの肉体もあるから検証ができる。

……そんな一縷《いちる》の望みになんてかけず、撤退するのがかしこい選択だとは思う。そうして、ほぼ確実に間に合わないがエポナに増援を頼むのだ。万が一エポナが間に合えば、彼女なら勝てるかもしれない。

だが、そんな万が一に賭けたくはない。

ここでやつを止めなければ【生命の実】が完成し、魔王の復活が近づくだけでなく、次もまた同じ手口で他の街が襲われるだろう。

今度はトウアハーデや、ムルテウ、大切な人がいる街が狙われるかもしれないのだ。

だから、ここでやつを仕留めるために全力を尽くす。

正義感ではなく、俺が守りたいものを守るために。

Episode19

第十九話　暗殺者は活路を見出す

The world's best assassin, to reincarnate in a different world aristocrat

地中竜との初戦はかなり苦いものだった。

何一つ、勝機と呼べる類いのものは見つけられなかった。

だが、手ぶらで帰ってきたわけじゃない。

まず、伝承にある地中竜であることを特定できた。

そして、伝承と同じ性質を持っていることも確認し、だからこそあの場では奴《やつ》が見せなかった伝承に書かれた能力に関しても信憑性《しんぴょうせい》が持てる。

また、特殊加工された瓶のなかでは、やつから切り離された触手がうごめいている。

正しくは触手から、さらに伸びた触手だ。

これら二つは直接勝機にはつながらないが、分析することで可能性は見出せる。

「あの、どうしてファール石に魔力を込められているんですか？　たくさん、魔力が詰まったファール石があるのに」

タルトが不思議そうに問いかけてくる。

「込めている属性が違うんだ。もとから用意していたファール石はバッテリーとして無色の魔力を込めたものと、爆撃用の火と土と風を混合して込めたもの……だが、今回用意しているのは違う属性を加えている」

ファール石は魔力を大量に取り込める。それ故に、込める魔力を変えることで性質ががらりと変わる。

「あっ、わかったよ。嵐を起こすつもりだね」

「ああ、風と水の魔力を三百人分込めれば、嵐すら引き起こせる……嵐なんてものは直接的な火力が低くて、今まで作ろうとしなかったが、伝承では嵐で動きが鈍ったとあるのだから試してみる価値はある」

そう言いながらファール石に魔力を込め続ける。

「へえ、それは面白そうだね。でも、短時間でファール石いっぱいに魔力を注ぐのはいくらルーグでも無理があるよ」

普通のやり方じゃそうだ。

あくまで俺の【超回復】は魔力の回復量を百数十倍にするだけに過ぎない。

全力で魔力を注ぎ続ければファール石が魔力で満ちる前に、魔力が枯渇する。

「だから、こうして無色を込めたファール石を右手に握って魔力を引き出し、俺の体で属性変換して空っぽのファール石に込めているんだ。これなら、消耗なしに魔力を込められる……最低五つは、嵐を呼ぶファール石がほしい」

「そんなこと考えもしなかったよ。……でも、うん、できそう。手伝おうか？」

「いや、いい。これができるのは、ファール石に込められた魔力が俺のものだからだ。いくらディアの制御技術でも他人の魔力を属性変換するのはきついだろう」

「それもそうだね……できはするけど、負担が大きいよ。ごめんね」

できはするという時点で異常なのだが、彼女はそれを自覚していない。

「別に頼みたいことがある。今から俺の狙いを説明するから聞いてくれ。タルトもだ」

二人が近づいてきて座る。

今回の作戦は俺一人ではどうしようもない。

二人の力がいるのだ。

頭の中で、情報を整理して話し始める。

「あの地中竜と対峙《たいじ》したときおかしな点がいくつかあった。あの巨体と口から伸びてるミミズのような触手は二人も見ただろう？」

「うん、あれだけ大きいとここからでも見えたよ」

「あのうち一本を根元からワスプナイフで吹き飛ばした。だが、あっという間に再生した」

「それってなにもおかしくないよ。魔族って、紅の心臓を砕かない限り、無限に再生するからね」

「はい、だから今まで倒すのに苦労してきました」

「再生することはおかしくないな。だが、その様子が変だった。ちぎれ飛んだ触手が飛び跳ねたまま、断面から肉が盛り上がって成長していき、元の長さになった。しかも、切り飛ばした触手はいつまでたっても元気そうだったよ」

その話を聞いてディアは勘づいたようだが、タルトは首を傾《かし》げているか。

「あっ、そうか……それ、魔族らしくないね」

「ごめんなさい。話についていけてないです」

「もう少し詳しく話すと、魔族の再生っていうのは巻き戻しなんだ。すべてがあるべき状態に戻る。だが、地中竜が見せた回復の仕方、肉が盛り上がって成長していくなんてあまりにも健全過ぎるし、切り飛ばされた肉がその場にあるなんてありえないんだ」

理不尽的な、概念的な再生こそが魔族最大の武器。

だが、あの地中竜はそうじゃなかった。

今まで倒してきた、オークの魔族も兜蟲魔族も、獅子《しし》魔族もみんな再生の際は、完全に巻き戻った。

切り飛ばされた腕や足もいつのまにか消えていた。

だが、地中竜だけは違う。生物的な再生能力を発揮しただけに過ぎない。

「ねえ、それって。あれが魔族じゃないって言ってる？」

「いや、【生命の実】を作っていた。魂を冒瀆《ぼうとく》的に加工するなんて魔族でないとできない。だから魔族ではある。でも、あれ全部が魔族ってわけでもなさそうだ」

「……あっ、わかったよ。外側と内側でわかれてるってことだね」

「ああ、そうじゃないと説明がつかない。たぶん、魔族はあの化け物の腹の中にいる。伝承も合わせて考えるとそうなるんだ。勇者が内側で暴れて倒したっていうのは半分正しくて、半分間違っている。勇者は体内で魔族に出会ったというところだろう……その証拠がこれだ。冷静になってからようやく気付いたんだが、本来なら、こうやって瓶詰めにして肉片を持ち帰るなんて、ありえない」

俺は瓶詰めされ、それでもなおぴちぴちと飛び跳ねている触手を指差す。

もし、あれが本当に魔族なら、切り落とされた触手は消え去り、あるべき場所に戻っている。

戦闘中にふっとばした分は、短時間ならそういうこともあるかもしれないし、俺の見落としかもしれないが、こいつは決定的な証拠だ。

むろん、それだけで外側と内側は別ものだと決めつけるのはどうかしている。

だが、この仮説が正しいのであれば勝機が生まれる。

「じゃあ、私たちに頼むことは一つだね」

「ああ、外側が魔族じゃないなら、殺し続ければ、再生が追いつかなくなり死ぬはずだ。

俺は勇者と違って、あの粘液に溶かされながら体内を探索なんてできない。だから、外側を殺して、体内にいる魔族を引きずり出す。そうすれば、魔族を殺せるかもしれない。ディアとタルトに頼みたいのは、俺が巣穴から地中竜を引きずりだしたところに、超火力の飽和攻撃を加えて外側を殺し尽くすこと……だから、タルト、ディア。これを使え」

手持ちにあるファール石の中で、土・火・風を込めた爆撃用のものをタルトとディアにほとんど渡してしまう。

二つだけ、俺の手札として残しての大盤振る舞い。

「巣穴からやつを釣り出すのは俺の役目だ。さすがに地中に潜られたら、超火力でも殺し切れないからな。あいつが穴からでたら、それを全部使って最大火力を叩《たた》き込め」

「えっと、あんな大きいの、穴から引っ張り出せるの？」

「そのために、用意しているのが今魔力を込めてるファール石だよ」

命がけなのは間違いないが、一度対峙したときの感覚で言えば可能だ。

「ファール石、私とディア様が協同、あっ、わかりました」

「私もわかったよ。私の役目はファール石を臨界までもっていくのと、もっとも効果的な爆撃を行うためのファール石の配置計算、タルトの役目はファール石を風の魔法で私の指示通りに運ぶこと」

「そのとおりだ」

ファール石の爆撃は強力だが、もっとも効果を発揮するのは囲むようにして押し潰すこと。

爆発のエネルギーは放射状に威力が広がる。

普通に使えば威力のほとんどが外に逃げてしまう。それを防ぐには対象を囲むように複数の爆発を引き起こせばいい。中心に威力が集中し逃げ場がなくなる。

もっとも効果的な配置を、ファール石を素早く臨界までもっていきながら、爆発のタイミングまで計算した上で導き出すのは人間業じゃない。

だが、ディアの頭脳とセンスならそれができる。問題はディアの投擲《とうてき》だけでは計算通りにファール石を配置することができないこと。

そこでタルトの出番だ。タルトは風の魔法を徹底的に鍛え上げ、その精度は極めて高い。ディアの指示した場所に複数のファール石を運ぶことだってできる。

「けっこう厳しいね。だって、想定が穴から飛び上がったところで、立体的な配置が必要だもん」

「ものすごく大変そうです」

「数秒で三次元的かつ難解な演算を行わないといけないディア、一瞬でその計算通りの配置にファール石を飛ばさないといけないタルト……どちらも今までで一番の無茶《むちゃ》振りだ」

タルトとディアが顔を見合わせる。

難しいことを言っているのはわかっている。

そして、俺は奴をぶっ飛ばすのに精一杯で、二人をフォローすることはできない。

「でも、やるよ」

「……私もです。あの、ルーグ様、教えてください。私たちならできると思ったから命じたのですか？」

「ああ、そうだ。今の二人ならできると、俺が判断した」

「なら、やれます！」

良い返事だ。

実にタルトらしい。

これで終わりじゃない。その作戦を実行する準備と、策が失敗した際のバックアッププランを練り上げる。

こんな仮定だらけの作戦だ。当然、失敗したときを念頭に置くべきだろう。

◇

数時間後、手元には今回の作戦のためだけに作ったファール石が用意されていた。

それを持って、穴に飛び込み、風の魔法を使う。

そうすることである程度の高度で留《とど》まった。

……ここにくるまでに、どうして伝承では地中竜が嵐を嫌がったのか、その検証をちぎれた触手で行った。

するとひどくわかりやすい結果がでた。

単純にこいつは水が苦手だ。あの茶褐色の皮は水を弾くのだが、内側の触手は水に触れると簡単に粘液が流れていく。

やつにとって粘液は大事なものだ。粘液は触れるものを溶かし、蒸発させることで毒霧になる上、刃先を滑らせ、攻撃にも防御にも使える。

また、粘液が流れでると内側から粘液を吐き出す習性があり、水で流し続けると干からびて衰弱する。それこそが嵐を嫌った理由。

なら、やるべきことは一つ。

手元のファール石は当初作ろうとした風と水の複合ではなく、水百パーセントを込めたものだ。

そんな物騒な代物を二つ臨界状態で穴へと放り投げた。

三百人分の水魔力が込められたファール石が爆発するとどうなるか？

答えは至ってシンプル。

その結果が目の前に現れる。

大瀑布《だいばくふ》としか表現できない、圧倒的な水が穴を埋めていく。

このあたりの地層はよっぽど水はけが悪いのか、どんどん穴の中で水位があがっていき、まるでダムのよう。

俺の仮説が間違っていて、あの巨体すべてが魔族なら、ただ穴の中にこもっていればいい。たとえ死んだとしても、すぐに再生する。いつか、水がすべて流れでるまで引きこもっていればいいのだ。

しかし、あの外側が魔族ではなく眷属《けんぞく》であるなら、放ってはおけない。

なにせ、死ねば取り返しがつかない。粘液をすべて流されての衰弱死か、窒息死か知らないが、やがて死ぬ。

そして、第三の選択肢である、この場を離れるということもできない。

蛇魔族のミーナから、【生命の実】は作りかけの状態で、製作者がある程度の時間離れると、壊れてしまうと聞いている。

やつはこれまでの苦労を水の泡にしたくない。

つまり、やるべきことは一つ。

「きらいきらいきらい、おまえきらい、僕を怒らせた」

プールとなった深い穴から巨体が飛び出す。

奴《やつ》の選んだ答えは脅威の排除。

……前回と違って遊びではなく、殺しに来ている。本気の殺意を肌で感じる。よほど水攻めが気に障ったようだ。

どうやら、この仮説は合っているらしい。

ようやく勝機を得た。

その無駄にでかい鎧《よろい》を引き剝がして、本当の姿を拝んでやろう。

Episode20

第二十話　暗殺者は鎧を剝ぎ取る

The world's best assassin, to reincarnate in a different world aristocrat

水の魔力を込めたファール石の発動によって、地中に沈んだ街が湖になると、水攻めに耐えきれずに地中竜が躍り出た。

「きらいきらいきらい、みず、きらいいいいいいい。みずつくった、おまえきらいいいいいいいい」

山のような巨体が迫ってくるのは恐怖以外の何物でもない。

だが、目を逸《そ》らさない。

暗殺者は、どんな些細《ささい》な情報も見逃さない。生き残るためには、殺すためには情報こそがすべてだと理解している。

俺のトウアハーデの瞳。その超視力は奴の巨体を正確に観察し続けている。

（やはりか）

【砲撃斉射】を打ち込んだとき、やつは再生していた。

しかし、もとに戻ったわけじゃなかった。

茶褐色の外殻が吹き飛んだあと、内側の肉が盛り上がり傷を塞いだのだ。そして、外殻は砕けたままだった。

そして今も、ピンク色の肉が盛り上がって傷を塞いだまま。

あれだけ時間があったにも拘わらず、奴は完璧な状態に戻れていないのだ。

あの巨体は魔族ではないという疑念がより深まる。

「穴の開いた体じゃ、水責めは応えるんだろうな」

「きらいきらいきらいきらい！」

完璧な状態じゃないからこそ、この水責めに苛立《いらだ》っている。

本来なら、口から出ている触手を収納し、丸くなっていれば茶褐色の外殻が水を弾き、水責めなど苦にしなかっただろう。

しかし、やつは先程の【砲撃斉射】で多くの外殻を失っている。

その状態で、大量に水を浴びせれば、内側に染み込み、粘液が流され、苦しむことになる。

狙ったわけじゃないが、【砲撃斉射】は無駄ではなかったのだ。

怒り狂った地中竜はもう目と鼻の先。

殺意を込めた八つの目は俺だけを見ている。

だからこそ、都合がいい。

……一度目の邂逅《かいこう》において、こいつには余裕があり、しかも遊んでいた。遊んでいるからこそ次の動きが極めて予想しづらい。

怒り狂い、殺そうとしてくれたほうがよっぽどやりやすい。怒りは視野を狭め、殺意は選択肢を減らす。

地中竜が突進しながら、無数の触手を槍《やり》のように尖《とが》らせて逃げ場を塞ぐ。

普通の回避方法だと絶対に躱《かわ》せない。

「遊んでやる」

ファール石を解き放つ。

こちらに込めた魔力は風と水が7：3。

さきほどの濁流ではなく、嵐が巻き起こる。

大雨と暴風。

いくら巨体では考えられない速度で飛び上がっているとはいえ、やつはただ跳んでいるだけに過ぎず、重力に逆らっている。

そこにこの暴風だ。目に見えて速度が殺されていた。

それだけでなく、水が内側に染み込み、触手の粘液を洗い流し、動きを鈍らせる。

「ぬれる、ぬれる、ぬれるうう、にげられる、やだああああ」

そして俺のほうはというと、風の中を泳ぐ。

身体の動きで空気抵抗を操ることで、こういう芸当が可能になる。

自身が生み出した嵐であるが故に、風の変化が読める。それを利用し、奴の巨体と無数の槍を躱《かわ》しながら加速。そのまま、奴の下に潜り込む。

嵐が止《や》んだ。

そのタイミングで四つ目のファール石を発動。

「ぶっとべ！」

最後のファール石は、火と風が３：７。

爆発力特化。

指向性爆発が巻き起こり、地中竜の巨体をぶっ飛ばす。

いつもなら土を混ぜて質量兵器としての側面を与えているが、あえて今回は土の要素を抜いている。ただぶっ飛ばすだけならこちらが上。

むろん、空中でこんなものを使えば俺も地面に向かってぶっ飛ばされる。

まとっていた風の鎧をすべて解除して逆噴射で可能な限り速度を殺しているが気休めに過ぎず、硬い地面にぶつけられれば即死するだろう。

こうなることはわかっている。

だから、対策は打っていたのだ。

目や耳、口を保護するマスクをつけ、空中で体勢を整え、さらには魔力で体を覆う。着水して、巨大な水しぶき。

そう、街を水没させたのは嫌がらせではあるが、クッションにするためでもあったのだ。

それでも着水の衝撃は凄《すさ》まじく、魔力防御をしている上、魔物の皮膜で作った耐衝撃性能が高い暗殺服を着ているにも拘わらず、ひどい打ち身をし、いくつか骨が砕けた。

さらに水底まで到達して体がのめり込むが、致命的な怪我《けが》は負っていない。

水底を蹴って浮かび上がる。

「……なんとか死なずには済んだか」

水面に浮かび空を見上げて、マスクを外す。

肌がちりちりとする。水に溶けた奴の粘液のせいだ。巨大な湖ほどに水を張ってもなお有害らしい。

空高くぶっとばした地中竜の周辺に、十五ものファール石が光り輝きながら飛来する。

タルトの風によって、不可思議な軌道を描きながら、爆発の衝撃をすべて中心部に集める配置がなされているのだ。

すでに臨界寸前。

すべてのファール石が目標ポイントにたどり着いたと同時に、爆発。

「さすがディア。完璧な配置とタイミングだ」

俺は再び魔力で防御をしながら、水中に潜る。

十五ものファール石を使った、超火力爆発。

これだけ深い穴でも危険だ。

しかも、爆撃用ファール石は土の魔力を込めて、無数の鉄片を撒《ま》き散らかす凶悪仕様。

水底まで轟音《ごうおん》と衝撃が来て、水面が一気に蒸発し、水が湯に変わる。さらに鉄片の雨が降り注ぎ、水柱がいくつもあがった。

……さすがに、三百人分の魔力×15の爆撃。えげつない。

「ぷはっ」

俺は水面から顔を出す。

地中竜の末路を見るため目を凝らす。

あの超火力の爆発によって跡形もなく巨体は吹き飛んだらしい。

もし、あの巨体が魔族ではないという推測が当たっていれば、奴の巨体は再生できず、魔族である本体だけが復活してその姿を晒《さら》す。

……ただの超再生能力であれば、ここから復元できる道理はない。

ここから復活できるのは魔族のような、回帰型の再生のみ。

さあ、どうだ？

もし、あの巨体が再生するのであれば、もはやあれを殺すことは不可能。

逃げるしかなくなる。

トウアハーデの瞳に魔力を込めて、何一つ見逃さないようにしながら、探索型の風の魔法を併用する。

空中で変化が現れた。

できの悪い逆再生動画のようにばらばらの焼け焦げた肉片が宙に現れ、それが中心に集まり、焦げが消えて、人の形を作っていく。

そして、傷一つない、白光りしてつるつるとした肌の人形生物が現れる。

異様な姿だ。まるでマネキンで、ありとあらゆる凹凸も穴もない。

「きえた？　きえたあああああ、よろい、ぼくのよろい、うわああああああああああああ」

叫び、それは怒りというより、泣き声のようだ。

少年という印象は間違っていなかったようだ。

あまりにも精神的に未熟。白い肌から鞭《むち》のようなものが伸びて、壁に取り付くと、そのまま地上に行く。

逃げるつもりかもしれない。

……これでもう奴《やつ》を守る鎧はないのだ。

今の奴なら殺せる。

奴の体から感じる魔力や瘴気《しょうき》は、先日の獅子《しし》魔族より圧倒的に小さい。

「暗殺に専念《ほんぎょう》しようか」

一瞬の隙を見逃さず、命を刈り取るために動く。

同時に、タルトとディアに危機が迫ればいつでもフォローできる準備も怠らない。

無敵の鎧に守られて、自分だけは安全圏に居続けた悪魔は、初めて俺たちと同じ土俵に立った。

やつに教えてやろう。これは虐殺ゲームではなく、殺し合いであることを。

Episode21

第二十一話　暗殺者は仕留める

The world's best assassin, to reincarnate in a different world aristocrat

地中竜の外装を剝《は》がし、奴の本体を引きずりだした。

……聖域にある資料、そこにある魔族の情報は歴代の勇者が苦戦すればするほど克明に書かれる傾向がある。

その点、地中竜はあの巨大な外装自体はかなり細かく書かれていたが、魔族本体については体内で倒したとしか書かれていない。

おそらくではあるが、本体はさほど強くない。

だから、俺たちの基本戦術で行く。

タルトが足止めをし、ディアが【魔族殺し】を当て、俺が殺す。

不意を打つ際には、死角にいることが好ましく、奴が掘ったこの穴は最適だと言える。

「【氷結】」

水面を固めることで足場にする。

それで十分な精密射撃が可能。そして、ここからでも奴を狙える。

【レールガン】の超火力であれば、この程度の土壁なら、壁ごと対象を貫くことは容易《たやす》い。

【鶴革の袋】からレールガンを取り出し、風の探索魔法を使用することで、風と視覚をリンクした。

新型の探知魔法ならばこそ、地中奥深くから【レールガン】を臨界にもっていきながら狙える。

俺の役目は、狙撃によって奴を仕留めること、そして、もしタルトやディアで対応できない場合、即座にフォローすることなのだ。

◇

～ディア、タルト視点～

ディアとタルトが塹壕《ざんごう》から顔を出す。

爆風と飛散する鉄片が頭上を通過するように計算して塹壕を掘っており、投擲《とうてき》と同時に塹壕に潜り、塹壕に蓋をするように強力な結界を張っていた。

でなければ死んでいただろうし、そういうことができるからルーグはディアに任せたのだ。

「ねえ、ちゃんと仕留められたかな？」

「はいっ、あの大きくて気持ち悪いのは吹き飛んで、白いつるつるの小さい人だけが再生するのが見えてます」

「じゃあ、ルーグの読みは当たっていたんだね」

ルーグの得意とする風の探索魔法は、タルトも使用可能だ。

だからこそ、塹壕にこもりつつもちゃんと状況を見ていた。

もっとも、タルトの場合は魔法の腕と演算能力がルーグより数段劣るため、効果範囲を狭くし、収集する情報項目を減らす簡略化を行っているのだが。

「……ルーグの作戦どおり、動きを止めるよ」

「はいっ」

「それから、ちょっとでも危なくなったら逃げろって言われていること忘れないでね」

「大丈夫です。今の私なら、どんなときでも冷静になれます」

タルトは魔槍を握りしめ、ディアは拳銃を引き抜き、塹壕から飛び出す。

タルトは首筋に注射で薬を打ち込む。

短時間だけだが、脳のリミッターを外し身体能力と魔力放出流量を強化。さらには集中力を向上させる薬。

短期決戦用のものを初手で使ったのはルーグの指示によるもの。

相手は能力が判明していない魔族だ。出し惜しみするのは自殺行為。また、短期決戦で勝てないようであれば、ルーグを置いて即座に逃げるよう指示されている。

タルトは魔槍を握る手に力を込め、ディアは拳銃を太もものホルスターから引き抜き、銃身にパーツを取り付ける。

よくよく見るとディアの銃は新型になっていた。

一回り大きくなり、銃身に追加パーツをつけることで銃剣となる。そして、刃の部分には魔術文字が刻まれていた。

「うん、いい感じだよ。これなら、いつも以上にがんばれる」

これは近接能力の補強という意味合いがあるが、それ以上にこの銃を魔法使いの杖《つえ》にするためだ。

杖の役割は魔法に指向性をもたせることと魔力収束補助。杖がなくても魔法は使えるが、精度・威力ともに落ちる。

しかし、杖を持つと近接防御の要である拳銃が使えない。だからこそ、ルーグが考えたのは杖と銃、両方の性質を持った武器。

銃としては重量が増えた上、重心が前にあることで取り回しが悪くなったが、それを補ってあまりある効果があった。

「先に行きます」

地中竜の中身ののっぺらぼう魔族は逃げようとしていた。

【生命の実】の完成を諦めて、生き残ることを優先した。

ここで逃がすわけにはいかない。

……あの魔族が地中竜の外装を再び作れない保証はない。そうなれば、また一つ街が滅びるかもしれない。

だからこそ、タルトは先行する。

タルトにキツネ耳ともふもふの尻尾が生える。切り札たる【獣化】だ。その瞳に肉食獣らしい攻撃的な色が宿る。

走りながら風の鎧《よろい》をまとい防御と加速、その両方を使い分けられる【風盾外装】の詠唱を終える。

「宿題の成果がでてます」

以前のタルトでは、【獣化】時には本能を抑えきれず、魔法の詠唱を苦手にしていたが、日々の訓練、それからルーグがだした〝宿題〟の成果が出て、こうして難しい魔法も詠唱できている。

「きけんきけんきけん、ころす」

目も、耳も、鼻もないのに、のっぺらぼう魔族はタルトに顔を向けて、右手をのばす。

先端が硬質化した鋭利な指が弾丸のような速度で伸びていく。タルトはそれに【獣化】状態特有の獣が持つ第六感と超反射神経で反応し、風を放出することで強引に避《よ》けながら加速して距離を詰めていく。

躱《かわ》された指が大地に突き刺さると、それぞれの指先の土が巨大なゴーレムとなり、タルトを襲う。

おそらく、これはあの地中竜を作る能力の一端。

もし、タルト自身が貫かれていれば、操り人形にされていたかもしれない。

「遅いです！」

タルトは追いかけてくるゴーレムたちを無視して、さらなる加速。

残った風を全部解き放ち推進力にすることで超速へと至り、ゴーレムたちを置き去りにしてしまう。

「はやいはやいはやい」

のっぺらぼう魔族は反対の左手を伸ばそうとする。

この距離、この速度で、さきほどの攻撃を躱すことは【獣化】タルトでも不可能。どんな反射神経と敏捷性《びんしょうせい》をもってしても物理的に不可能なのだ。

だから、タルトは躱さないことを選んだ。

「もらいました！」

タルトは最後まで一切の減速をしなかった。その結果、のっぺらぼう魔族の左腕があがる前に、槍を突き刺した。……もし、少しでも躊躇《ちゅうちょ》をすれば間に合わなかっただろう。

のっぺらぼう魔族は槍で大地へ磔《はりつけ》にされた。

磔にするため、タルトは斜め下へと槍を突き出し、貫くと同時に手を離して駆け抜けたのだ。

タルトの攻撃はそれで終わらない。

タルトは振り向き、ディアとルーグが開発した雷撃魔法を詠唱する。

【豪雷】と名付けられた魔法。

その名の通り、雷雲を生み出し、雷を降らせる。

直接、電気を生み出すのではなく雷雲を使用することで、消費魔力以上に強力な雷撃を可能とするのだ。

ただし、雷を落とすまで時間がかかること、そして雷という性質上命中精度が低いという問題がある。

しかし、磔にして動きを封じ、しかも槍という避雷針があれば話は別。

ようやく今になって、ゴーレムたちが追いつき、タルトの詠唱を妨害しようとする。

そんな五体のゴーレムそれぞれに弾痕が刻まれる。

ゴーレムの巨体を考えると、弾丸など足止めにもならない。そのはずなのに、弾丸に込められた魔力が膨れ上がり、ゴーレムの関節という関節が、潰れ、固まり、身動き一つ取れなくなる。

弾丸に土魔法が込められていたのだ。

「私を忘れてもらったら困るよ」

ディアはそう短く告げると、新たな魔法を詠唱し始める。

タルトは眼《め》で礼を言うと、ついに詠唱が完成した。

「【豪雷】」

雷雲が生まれ、光を放つ。

そして、落雷。

雷が槍に吸い込まれるように落ちていく。

超電圧・超電流が、のっぺらぼう魔族に襲いかかる。体内に突き刺さった槍に雷が落ちたものだから、内側から焼かれてしまう。

確実に動きを止めた。

そのタイミングでディアの魔法が完成。

ここで放つ魔法は一つしかない。

「【魔族殺し】」

世界で唯一、魔族を殺しうる超魔法。あまりの難しさにルーグとディア以外、誰一人発動することができていないそれをディアはたやすく詠唱してみせた。

杖の役割を果たす銃剣の先端から、弾丸のように圧縮された赤い魔力弾が射出される。

それが、のっぺらぼう魔族に当たると、フィールドが展開され、のっぺらぼう魔族の下腹部に、紅《あか》い宝石交じりの心臓が輝く。

それこそが魔族の核。

それを潰さない限り、無限に再生……いや、復元し続ける。

逆に言えば、核を壊しさえすれば不死の魔族すら殺せる。

「ぼくのしんぞう、きれい」

雷で炭化した肌が再生しつつある魔族が、うっとりした声音で呟《つぶや》く。まだ、彼には余裕があった。

【魔族殺し】で実体化させなければ、勇者にしか壊せず、実体化したところで、その硬度はこの地上にあるありとあらゆる金属を凌駕《りょうが》する。

並の火力では砕けず、また【魔族殺し】の効果はわずか数秒。

そのことを知っているからこその余裕。

しかし、魔族は知らない。……普通じゃない攻撃が迫っていることに。

次の瞬間には地中から、音速の十倍にも至る超高速の弾丸が現れ、紅の心臓が貫かれ、その余波で少し遅れて肉体がばらばらに切り裂かれ、吹き飛ぶ。

もう二度と再生することはなかった。

彼は、自分が死んだ瞬間を認識すらできなかっただろう。

【レールガン】の理不尽な速度と破壊力は、あっけない結末を叩《たた》きつける。

また一柱、魔族が逝った。

「さすがルーグ様、ほれぼれする狙撃です」

「風とリンクして見えているって言っても、目視とは感覚が違うはずなのにすごいよね。ルーグは化け物だよ」

タルトは【獣化】を解除、キツネ耳と尻尾が消えていき、ディアは銃剣の刃を取り外して、銃をホルスターに戻す。

そして、タルトとディアはハイタッチする。

「勝てて良かったです。……今までの魔族の中じゃ一番弱かったですね」

「たぶん、あの大きな気持ち悪い虫みたいなのに力のほとんどをつぎ込んだんだろうね。普通なら無敵だもん。あの大きいの殺せる気がしないよ。土の中に逃げるのも卑怯《ひきょう》だし」

「そうですね。あれを殺す策を考えたルーグ様がすごすぎるんです」

誇らしそうにタルトはルーグを褒める。

「それだけじゃないよ。タルトってびっくりするぐらい強くなったから、楽に感じたんだよ。もう魔族とだって互角かも」

「……きっと、ルーグ様のそばにいるからですよ。ルーグ様のそばにいれば、どこまでだって強くなれる気がします。ディア様だってどんどん強くなってますし」

マーハが言っていた通り、タルトは変わった。

少し前までなら、タルトは謙遜をしていた。良い変化だ。

「そうかも。さて、そろそろ、そのルーグを迎えに行こうか」

「はいっ、ルーグ様に褒めてもらうのが楽しみです」

二人は微笑《ほほえ》み、街が沈んだ穴まで走っていく。

彼女たちにとって魔族を倒せた喜びよりも、愛《いと》しい人に褒めてもらって、撫《な》でてもらって、抱きしめてもらえる喜びのほうがずっと大きいのだ。

Epilogue

エピローグ　暗殺者は誘いに乗る

The world's best assassin, to reincarnate in a different world aristocrat

風を通して地上の様子を窺《うかが》う。

レールガンは間違いなく、のっぺらぼう魔族の紅い心臓を砕いた。

だからと言って油断はしない。

風の探索魔法の他に土の探索魔法を併用して、徹底的に周囲を探る。

「……問題はないようだな」

間違いなく、あの魔族を倒すことができたと言っていい。

息を吐いて、集中を解く。

念のため、獅子《しし》魔族を倒したあとのように、魔族像が放つ光が赤く変わったか確認しておかなければ。

万が一にも、一瞬で街一つを地中に引き摺《ひず》り込《こ》む魔族を見逃すわけにはいかない。

そして、困ったことが一つある。

（この力の高まり、……完成してしまったようだな）

氷で固めた水面の下からとんでもない力を感じている。

そいつは翡翠《ひすい》色に発光していた。

【レールガン】発射の直前にそいつが完成した瞬間、少しずつ吸われていた周囲の魂が根こそぎ持っていかれた。

俺自身すら危険を感じたほどだ。魔力で守らなければ、魂をもっていかれただろう。

……そいつの正体は一つしかない。

魔族たちが万を超える人間の魂を材料に作り上げる、魔王復活の触媒、【生命の実】。

あののっぺらぼう魔族は、鎧《よろい》となる地中竜を破壊され、こいつの完成を放棄して逃げようとした。

しかし、皮肉なことにタルトとディアが足止めしたからこそ【生命の実】が完成してしまった。

「ほんとうに、情報網があってよかったな。あれがなければ、戦うことすらできなかった」

もし、情報網と改良型のハンググライダーがなければ、俺たちが来るまえに【生命の実】が完成して、地中竜は姿を消していただろう。

どれだけ強くなろうと、すみやかに敵を見つける目と耳、間に合うだけの速さの足がなければ意味がない。

……状況次第ではこの魔族に一度も追いつけずに、魔王が復活することすら考えられたのだ。

「【生命の実】をどうするべきか」

そう言いながら魔法を使う。

まず、氷を砕いてから、風の魔法で【生命の実】を水中から取り出し、宙に浮き上がらせる。

それは翡翠色の宝石で、鉱物じみた外見のくせに生物のように脈動している。美しさと不気味さが同居している。

だが、そんな感想より、もっと先に感じた印象がある。

(うまそうだ)

口元から、ヨダレが溢《あふ》れる。

どんなご馳走《ちそう》を見たときでも、どれほど飢えていたときだろうと、ここまで食欲を刺激されたことはなかった。

体中の全細胞が、あれを喰《く》らいたいと叫びをあげている。

その衝動を、理性を総動員して止める。

……食べるどころか触れるだけでもかなり危険だ。

しかし、感情を支配し、理によって行動する術を身に付けた暗殺者である俺ですら、おかしくさせるほどの何かがあれにはある。

理性を振り切って、手が伸びてしまう。

ナイフを引き抜いて、太ももを刺した。

血が吹き出て、激痛が走り、少しだけ気が紛れた。

だが、長くはもたない。

空中に浮き上がっている【生命の実】を対象にして、土魔法を使う。

周囲をアルミニウム合金で包んでしまう。

不思議と銀を混ぜたアルミニウムには魔力を遮断する効果があるため、魔道具を運ぶときは、これを使う。

分厚く囲むとだいぶ食欲が収まって楽になってきた。

その状態で【鶴皮の袋】に収納する。

そこまでして、ようやく【生命の実】の誘惑が消えた。

「危ない危ない。一歩間違えれば、今頃、【生命の実】は胃袋の中だ」

魔王復活に必要な、万単位の人間の魂を使った代物なんて喰らえば、おそらく俺は破裂するか、化け物に成り下がっていただろう。

だが、疑問はある。

実は人間の本能というのは、それなりに優秀なのだ。

本能に従っての行動は、倫理観を無視すればおおよそ正しい場合が多い。

食いたいと思うものはたいてい食えてしまう。体が欲するものこそが、本能で食べたいと感じるものだからだ。

俺の本能が、それを求めたのなら、【生命の実】を食べることがプラスになる可能性もあった。

ただ、そんな可能性に賭けるなんて真似《まね》はできない。

なにせ、賭けに負ければ死ぬか化け物だ。

冗談ではない。あまりにもリスクが大きすぎる。

また、他人を使った人体実験も難しい。

【生命の実】を与えた瞬間、規格外の化け物になるかもしれない。

そもそも、これの使い道は多い。調べることで魔族や魔王の生態をより深く知れるだろう。蛇魔族ミーナとの交渉材料にも使うことができる。

あるいは壊してしまうというのもありだ。

いずれにせよ、即断はするべきではなく、現時点で正しいのは持ち帰る……つまり保留のみ。

「まずは上に行こうか」

風がタルトとディアが穴に向かって駆けてきていると教えてくれた。

彼女たちと勝利を喜び合うのが最優先でいい。

とりあえずは、【鶴革の袋】に【生命の実】を封印できたのだから。

◇

地上にあがると、タルトとディアが胸に飛び込んできた。

ディアはともかく、こういうことに照れるタルトが躊躇《ちゅうちょ》しなかったのは、【獣化】の副作用だろう。

ふたりとも無傷なようで安心する。

「お疲れさまです。ルーグ様」

「今回は、ほんとうまく作戦がはまったね」

「ああ、全員がきっちり役割を果たしたな。チームとしての勝利だ」

誰か一人でも失敗すれば、終わりという状況で完全に機能した。

俺たちは間違いなく最高のチームだ。

抱き合うことで、お互いの無事を喜び離れる。

すると、ディアが目を細めた。

「……なんか、ちょっと変だよ。ルーグにおかしな魔力が絡みついてる」

「それなんだが、どうやら【生命の実】が完成してしまってな。そいつを回収する際に、いろいろと当てられた」

食べはしなかった。

だが、近くにいただけで、【生命の実】が放つ波動に当てられた。

【鶴革の袋】に入れてからは一切力が漏れ出ていないとはいえ、【鶴革の袋】の中身がどうなっているかは不安だ。

そのリスクはわかっていても、【生命の実】を置き去りにするわけにもいかず、かといって手持ちで運ぶわけにもいかなかった。

「それ、大丈夫なの？」

「この程度なら、放っておけば散る。……とはいえ、二人に何かあったらいけない。しばらく俺から離れたほうがいい。タルト、ディアをおまえのハンググライダーに乗せて、先に帰ってくれ」

そう言うが、二人は離れない。

「ルーグに何かあるかもしれないんだったら、近くにそれをなんとかする人が必要でしょ？　離れるわけないよ」

「私も一緒にいます。それに、ルーグ様が大丈夫って言ったなら大丈夫です」

「……ありがとな」

一蓮托生《いちれんたくしょう》。合理的とは言えないが、この二人とならそれもいいかと思える。

「タルト、ディア、離れてくれ」

そんな二人を背後にかばう。

常に用意している探索魔法に反応があったのだ。反応があった方向に体を向け、胸元の銃に手を伸ばす。

「ずっと傍観を決め込んで、今更のご登場か……ノイシュ」

俺の友人であり、蛇魔族ミーナの手で、人間を止めてまで力を手に入れた男がそこにいた。

以前出会ったときより、さらに強化されている。

それは、より取り返しがつかなくなっていることにほかならない。

「僕も戦いたかったが、ミーナ様の命令だ」

ミーナ〝様〟か。

以前は、あくまで対等な関係としてノイシュはミーナと接していた。

それが、様付け。

心まで支配されている。……だが、一応は人類のために戦いたいという意識は残っている。だからこそ、魔族と戦いたかったなんてことが言える。

「そうか。さっさと本題に入ってくれ。今になって出てきたんだ。俺たちに話があるんだろう？」

「ついてきてほしい。ミーナ様が待っている」

そう言ったノイシュが指差した地面から、大蛇が現れる。

ノイシュがその頭の上に乗り、手招きする。ノイシュだけでなく、俺たち三人も頭の上に乗れるふざけたサイズ。

「もし、嫌だと言ったら？」

「僕は君と戦わないといけなくなる」

ノイシュが魔剣を引き抜いた。

……前よりもノイシュが強くなったとはいえ、勝つことはできる。

だが、手加減して勝つのは不可能なぐらいに強化されており、戦えばノイシュを殺してしまうだろう。

俺は彼を友人だと思っている、それは避《さ》けたい。

それに、ミーナとは話をしたいと思っていたところだ。

「わかった、行こう。蛇での移動は初めてだ。……タルト、ディア、俺から離れるなよ」

「言われなくても離れないよ。蛇苦手だもん」

「……ちょっと怖いですね」

二人が俺の裾を摑《つか》み三人で蛇の頭の上に乗る。

蛇のうろこでつるつるすべるかと思ったが、意外にもしっかりとした足場があり、摑みやすい角が何本も生えており、それに摑まった。

全員乗ると、ノイシュが何かを言う。

それは人の言語ではなかった。

大蛇が反応し、馬車など比べ物にならないスピードで発進する。

……おそらく、目的地はミーナの魔族としての拠点。

人の皮をかぶって住んでいる街に、こんな大蛇で乗り付けさせるわけがない。

（ミーナは確実に、地中竜、いやのっぺらぼう魔族の動きを知っていた）

それなのに、あえて俺に何も情報を渡さなかった。

その理由、しっかりと聞かせてもらわなければならない。

状況によっては、ミーナとの協力関係は破綻するだろう。

……そして、そうなった場合、彼女の巣から生きて抜け出すのは苦労しそうだ。今のうちに、その準備もしておこう。

最悪を想定する。それが暗殺者というものなのだから。

あとがき

『世界最高の暗殺者、異世界貴族に転生する5』を読んで頂き、ありがとうございました。著者の『月夜《つきよ》　涙《るい》』です。


五巻を読んでくださってありがとうございます。

女神様の裏側を見て驚かれた方もいたはず！

魔王の復活、そして勇者が犯す過ち、避けられない運命がどんどん近づいてきます。次の巻もお楽しみに！

宣伝

コミック二巻が7月に発売されています。皇《すめらぎ》ハマオ様が描かれるコミック版もぜひどうぞ！

角川スニーカー文庫様で、同じく刊行している『回復術士のやり直し』（かなりエッチな復讐譚《たん》）のアニメ制作は順調に進んでいて、もうすぐ放送時期も発表されそうです。そう遠くないですよ！　そちらも是非に。

謝辞

れい亜《あ》先生、五巻も素敵なイラストをありがとうございます。

担当編集の宮川様。いつもながら素早く誠実な対応、非常にありがたく思っています。

角川スニーカー文庫編集部と関係者の皆様。デザインを担当して頂いた阿閉高尚様、ここまで読んでくださった読者様にたくさんの感謝を！　ありがとうございました。

世界最高の暗殺者、異世界貴族に転生する5
SEKAI SAIKO NO
ANNSATSUSYA
ISEKAI KIZOKU
TENNSEI SURU
巻発売
めでとう
ございます!!
神のしたり顔
描き続けるだけの
に就きたい…。
とネヴァン様好きです…)

次回予告
Next
「ルーグ様は本当にお強い、ようこそ我が屋敷へ」
蛇魔族ミーナに招かれたルーグ達一行。
妖艶な蛇は果たして真の協力者なのか――!?
世界最高の暗殺者、異世界貴族に転生する
The world's best assassin, To reincarnate in a different world aristocrat
⑥
2021年冬・発売予定!!
角川スニーカー文庫
最新情報は公式サイトで!!

世界《せかい》最高《さいこう》の暗殺者《あんさつしゃ》、異世界《いせかい》貴族《きぞく》に転生《てんせい》する5

著　月夜《つきよ》 涙《るい》

角川スニーカー文庫　22266

2020年9月1日　初版発行
2021年9月15日　5版発行

発行者　青柳昌行

発　行　株式会社KADOKAWA
〒102-8177 東京都千代田区富士見2-13-3
電話　0570-002-301（ナビダイヤル）

印刷所　株式会社暁印刷
製本所　本間製本株式会社

Printed in Japan　ISBN 978-4-04-108972-9　C0193

★ご意見、ご感想をお送りください★

〒102-8177 東京都千代田区富士見 2-13-3
株式会社KADOKAWA　角川スニーカー文庫編集部気付
「月夜 涙」先生
「れい亜」先生

角川文庫発刊に際して

角川源義

第二次世界大戦の敗北は、軍事力の敗北であった以上に、私たちの若い文化力の敗退であった。私たちの文化が戦争に対して如何に無力であり、単なるあだ花に過ぎなかったかを、私たちは身を以て体験し痛感した。西洋近代文化の摂取にとって、明治以後八十年の歳月は決して短かすぎたとは言えない。にもかかわらず、近代文化の伝統を確立し、自由な批判と柔軟な良識に富む文化層として自らを形成することに私たちは失敗して来た。そしてこれは、各層への文化の普及滲透を任務とする出版人の責任でもあった。

一九四五年以来、私たちは再び振出しに戻り、第一歩から踏み出すことを余儀なくされた。これは大きな不幸ではあるが、反面、これまでの混沌・未熟・歪曲の中にあった我が国の文化に秩序と確たる基礎を齎らすためには絶好の機会でもある。角川書店は、このような祖国の文化的危機にあたり、微力をも顧みず再建の礎石たるべき抱負と決意とをもって出発したが、ここに創立以来の念願を果すべく角川文庫を発刊する。これまで刊行されたあらゆる全集叢書文庫類の長所と短所とを検討し、古今東西の不朽の典籍を、良心的編集のもとに、廉価に、そして書架にふさわしい美本として、多くのひとびとに提供しようとする。しかし私たちは徒らに百科全書的な知識のジレッタントを作ることを目的とせず、あくまで祖国の文化に秩序と再建への道を示し、この文庫を角川書店の栄ある事業として、今後永久に継続発展せしめ、学芸と教養との殿堂として大成せんことを期したい。多くの読書子の愛情ある忠言と支持とによって、この希望と抱負とを完遂せしめられんことを願う。

一九四九年五月三日

超人気WEB小説が書籍化!
最強皇子による縦横無尽の
暗躍ファンタジー!
最強出涸らし皇子の
暗躍帝位争い
無能を演じるSSランク皇子は皇位継承戦を影から支配する
タンバ イラスト 夕薙
無能・無気力な最低皇子アルノルト。優秀な双子の弟に全てを持っていかれた出涸らし皇子と、誰からも馬鹿にされていた。しかし、次期皇帝をめぐる争いが激化し危機が迫ったことで遂に“本気を出す”ことを決意する!
スニーカー文庫